五月の風

山尾三省の詩のことば

山尾三省

野草社

序にかえて

詩は、いずれも私という自我、あるいは個性がその境界を失って、世界と溶け合い、ひとつになった時に訪れる静かな喜びを記録したものです。

むろん私という自我は、その特性として、日常の多くの時においてむしろ世界と対峙し、世界と仲違いしたり拒絶したりして暮らしているのですが、時にはまた同じ日常の中でそれが消え失せ、世界とひとつになる有難くうれしい時間も訪れてきます。

私という自我が消えて、世界とひとつに溶け合った時には、世界は私の外に存在する対象物であることを止めて、より深い私自身であったり、より喜びを秘めた私であったり、より静謐《せいひつ》な私である性質そのものになります。

私の詩はすべて、誰もが日常生活の中で体験しているそのような時を、逃がさないように記録したものといえるでしょう。

もくじ

装画・イラスト＝nakaban　デザイン＝三木俊一

この本について

この本は、くだかけ社から発行された詩人・山尾三省（一九三八〜二〇〇一）の詩集『新月』『三光鳥』『親和力』、および雑誌『くだかけ』に発表された詩作品を集成したものです。

五月の風　山尾三省の詩のことば

いのちの世界＊

流されて
花をみながら
月をながめて
世の中を泳がずわたる
その時、その時を
力いっぱい生きているだけ
その時、その時の
縁にしたがって、生きているだけ

自分の手柄でもない
誰のお陰でもない
ただこうなっているだけ
誰はばかることなく

言い放つことのできる
この
いのちの世界

和田重正

*この作品は、教育家の和田重正（一九〇七～一九九三）が山尾三省の詩集『新月』の序文として書いた詩です。

I

新月

いろりを焚いて

いろりを焚いて
とろとろと　ジャムをこしらえる
リンゴジャムを　こしらえる

高松の
原子力発電所を止めさせる集会で
出会った
ひとりのりんご作りが送ってくれた　その大切なりんご
新しい人間の文化を
なをも
なをも夢見つつ
大地は神と　確信を深めつつ
山は神と　確信を深めつつ

リンゴジャムを　こしらえる

いろりを焚いて
とろとろと　ジャムをこしらえる
一九八八年の
リンゴジャムを　こしらえる

山桜

山桜が
咲いて　散るあいだ
ずっとひとつの畑を　耕していた
これは
夢なのだ
こうして生きていることは
山桜が咲いて
散るあいだの　美しい夢なのだ

ざくり　ざくり
地しばりの花
ざくり　ざくり
キンポウゲの花

ざくり　ざくり
跳びはねる　みみずごの

これが夢なのだ
こうして生きていることが
山桜が咲いて
散るあいだの　美しい　一瞬の夢なのだ

あぶらぎりの花が咲いて

あぶらぎりの花が咲いて
沖縄・奄美地方は　梅雨に入った
やがて私達の島も　梅雨に入るだろう
時季《とき》のめぐみ
時季《とき》のめぐり
あぶらぎりの真白な花が
山のあちこちに咲きはじめた

進歩という幻想をなおも棄てよ
進歩という幻想を深く棄てて　山に還れ
実在の変化《へんげ》に還れ

あぶらぎりの花が咲いて

沖縄・奄美地方は　梅雨に入った
やがて私達の島も　梅雨に入るだろう
新しい時季《とき》
新しい自分とのたたかい
あぶらぎりの真白な花が
山のあちこちに　咲きはじめた

夕方（一）

暑く晴れた日の夕方には
山羊に水を飲ませる
小さなバケツ一杯ほどの水を
この動物は　じつに静かに　吸うように飲みほす
まばたきもせず
水の精そのものを吸いとってゆく
そのように静かに
気品に充ちて水を飲む人に
僕はかつて会ったことがない
時々水を飲むとき
それを思い出して試みてみるが
とてもその無心の域には　到らない
夕方

山羊に水を飲ませながら　見ていると
世界は静まり　大地が深まる
それまでは聞こえなかった　地虫達の啼声が響きはじめ
夕方の私が現れてくる
そして
今日の日の　新しい月がのぼってくる

畑から

畑から
トマトがくる
よく熟した
トマトの匂いが高く香って　トマトがくる

畑から
ナスビがくる
黒紫色に熟れた
食べるには惜しいほど美しい　ナスビがくる

畑から
インゲン豆がくる
淡い緑色の

賢者の心の芯のような　インゲンがくる

畑からいのちたちが　くる
土の深さから
明るい光から
いのちといのちの　物いわぬ　奇蹟がくる

旧盆会

八月　旧盆会
島は人であふれる
一年振りで帰ってくる人　二年振りで帰ってくる人
五年振りで　十年振りで
二十年振りで帰ってきた人達で
島には笑顔があふれる

山々が緑を深め
音高く川は流れ
海は今を盛りと　青緑色に澄み輝く
ふだんは淋しい年寄達の胸に　喜びの涙が流れる
やがて墓所へと通じる
喜びと安堵の水が流れる

永遠の一時に　人という実りがやさしくはじける

さようなら
さようなら
その時が待っているがゆえに
いのちを燃やせ
八月旧盆会の　海山のいのち　燃やせ

栗の実

栗の実が　落ちはじめた
子供達が　まず最初にそのことに気づき
さそわれて　親もそれを拾いに行く

栗の木から　栗の実が落ちてくることは
なんと豊かなことだろう
なんとうれしい　ことだろう

それは　縄文人の豊かさに帰ること
縄文人の喜びをそのまま亨《う》けること
いのちの原初の恵みに帰ることである

いのち

ただのいのち
素朴のままの　いのちよ

栗の実が　落ちはじめた
子供達が　まず最初にそのことに気づき
さそわれて　大人もそれを拾いに行く

台所で

台所で　ふきんを洗いながら
ふきんでも洗わねば汚れる
まして　人間の心はと　ふと思った

人間はなにで心を洗うのか
山を眺めて心を洗う
雲を眺めて
水を眺めて
椎の実が実る　椎の木を眺めて心を洗う
赤まんまの　赤い花を眺めて洗う
そしてまた
ふきんを洗うことによって心を洗っていたのだった

大変うれしくなって
洗い終ったふきんをよくしぼり
丁寧に四角にたたみ
そっと額に当ててみた

夕方（二）

高校二年生の息子は
自分は　大学にも東京にも行かず　鹿児島で就職する　という
そうか　と思う
それも自然のできごとなのだ　と思う

なにも　大学という文明装置
東京という文明装置に荷担することだけが
人生ではあるまい
夕焼けの美しい日が　つづいている

金色の雲
虹色の雲
緑色の雲

ごえもん風呂を
その夕焼けの下で　焚いている
まことに自由と幸福はそこにこそあった
火を焚いていると
すでに日が暮れ　山も暮れたことも忘れて
火を焚いているのであった

漢字

やがて小学三年生になる
ミチトが
ぼく　カンジもカケルヨ　と言った

そうか　じゃ　書いてごらん
するとミチトは
宿題の紙の名前を消ゴムで消して
山尾道人と　しっかりと漢字を書いた
やっとなぁと　うれしかったが
逆に　罪の意識もあった
漢字を書くということは
純粋な感じを　失い
一歩　文明という装置に歩み入ることだ

文明にも　漢字にも
ならせたくない　なりたくない
精霊のままで
ツワブキの花と薪取りのうたを　いつまでも
歌わせていたい　歌っていたい

新月

いつも魚を廻してくれる隣家の漁師へ
夕方
たまにはこちらから　シイタケを廻しに行った
「猿の喰い残しのシイタケだけど」

実際
猿達はシイタケが大好物で
大きく育って　食べ頃になると
一足早くやってきて　いっさいがっさい食べてゆく
それでも小ざるにいっぱいほどは　食べ残しが集められる
それをわれわれが食べる

豪勢なことは　なにもない

知的なことも　なにもない
それでも魚は廻るし
猿も少々　われわれの分を残してくれる

帰り道で山を仰ぐと
そこにもう　透明なこの月の新月が生まれていた

藪啼きうぐいす

毎朝
窓ガラスの桟《さん》に　うぐいすがきて止まる
羽根でばたばたと　窓ガラスを叩く
その音と　その影が　引いたままのカーテンから見え　聞こえる
カーテンを開くと
ひとたびは逃げてゆくが　また戻ってきて　桟に止まる
大寒のさなかの今頃
そんな日が　もう一週間も続いている
むろん　まだ啼かない
ときどき　ジュジュッと　低く藪啼きするだけである
どうしてそのうぐいすが　そういうことをする気になったのか
少しもわからない
少しもわからず

ただ　うれしく　ありがたい
ふとんの中に打伏せの姿勢で　肩だけ起こし
飛び去ってはまたやってくる　可愛いものの姿を眺める
地球と弱者を滅ぼす　科学と産業の文明に
このささやかな藪啼きうぐいすの朝から
ささやかな異議と　悲しみを告げる

畑で

よく晴れた
暖かい日に
畑で　じゃがいもを植えた
土に穴を掘り
そこに　切ったじゃがいもを伏せ
また土をかぶせておくだけの
そんな　原始的なやり方――
約五キロのじゃがいもを
午後の間中かけて
ゆっくりと　心ゆくままに植えつけた
植え終って
そばの枯草の中に　仰向けに長々と寝転び
青い空の　奥を眺めた

それから目を閉じ
空の奥の声を　聞いた
空の奥の声は聞こえず
中空の小鳥たちの啼声ばかりが
賑やかに　そこに満ちていた
それでよかった　奥にも　中空にも　地上にも人生があった

高校入学式

島は　山桜の花が　満開である

教師達よ
この百十八名の新入生達の魂を
あなた達の「教育」の犠牲にするな
「望まれる社会人」に　育てあげるな
破滅に向かう文明社会の
歯車ともリーダーともするな
教師達よ
再び島に帰らぬ「都会人」を育てるな
第三世界を侵蝕する「国際人」を作るな
教師達よ
この百十八名の新入生達の　胸の奥に

山桜の花よりも静かに震えている　魂の光があることを
必死に凝視《みつ》めよ
あなたの職業の全力を投じて
それを　必死に凝視めよ

島は今　山桜の花が満開である

海

五月の空の下で
海の色が　変わってきた
その海の色を　じっと凝視《みつ》めた

悲しく　淋しく　そして苦しい日々が
かつてあった
そしてまた今も　その日々がある

海を凝視《みつ》めていると
そこに　海を凝視《みつ》めている自分があり
海の色があった

淋しさも　悲しさも　そして苦しさも

同じくそこにあったが
五月の空の下で　海の色が変わってきた

そこに　海の色があり
私《わたくし》という
新しい
静かなことばが　ひろがっていた

朴《ほう》の花

山の寺で
朴の木に朴の花が咲いているのを　見た
白い大きな花で
観音様　のようであった

生きることは　いつでも苦しく
実りの日は　いつまでもこない
けれどもそれは　我慢せねばならない
我慢して
求めつづけねばならない
生きることは　いつでも楽しく
毎日が　楽しみばかり
けれどもそれは　虚偽である

虚偽と知って
沈みつづけるほかはない

山の寺で
朴の木に朴の花が咲いているのを　見た
白い大きな花で
観音様　のようであった

花二題

やがて梅雨も明けようとしている
晴れたり　降ったり
神鳴ったり

つかのまの強い日射しの中で
カンナの花が　真紅に咲いている
夏を告げるカンナの花
学歴などない
地位も　名誉もない
土砂降り
神鳴れば
また　あじさいの花が帰ってくる
そこだけ　青空のように明るい

あじさい花の浄土

晴れたり　降ったり　曇ったり
神鳴れば
地のままに
地の風景が　あったのではなかったか

山　人を見る

人　山を見る
山　人を見る　と
足柄山に住む　和田重正先生はいわれた
深く　そのとおりである

田舎には
田舎の　静かな光がある
権力を望まず

経済力を望まず　知力さえも望まず
ただいのちのままに　日々しっかりと努力によって
暮らしている人達の　静かな光がある

人　海を見る　海　人を見る
人　川を聴く　川　人を聴く
そして満月の夜には
人は深々と満月を眺め　満月もまた深々と人を眺める

田舎には
これからの千年も変わらない　田舎の光がある

小雨の中で

小雨の中で
山萩の群生している道に行った
もう秋だから
きっと萩が咲きだしているだろう
そう思って行ってみたら
紅色の小さな花達の群れが　一勢に咲き出していた

小雨の中で
足は草に濡れながら
顔は葉しぶきを浴びながら
花ぶりのよい枝を　何本も手折《たお》った
コンピュータは　あってもなくても　どちらでもよい

おかねも　あってもなくても　どちらでもよい
なくてはならぬものは
わたくしという　真実
あなたという　真実
小雨の中で
山萩の枝を手折った
紅色の　小さな無数の花達の　秋という祝祭に
わたくしもくわわった

黄金色の陽射しの中を

秋の
黄金色の陽射しの中を　歩いている
道端には　ゲンノショーコの花が咲き
うすむらさきのヨメナ
アカマンマ
ミゾソバの白い花も咲いている

なにもいらない
これいじょう　なにも望まない
秋の
澄みきった陽射しの中を
草花のように　歩いている
道端には　ススキの新穂の紅《べに》がのび

力強い　チカラシバ
ナンバンギセル

なにもいらない
草花の道を
草花とともに　歩いている

帰ってくる

旅に出て
旅から帰ってくる
鹿児島港から船に乗り
やがて　屋久島の山々が見えてくると
帰ってきたと　心からほっとする

百年の後には
今ここに生きている人は誰もいない
皆どこかへ帰り
新しい見知らぬ人達がいるだろう
帰るべき場所は
島山
深く深く　帰るべき場所は

緑なす島山

永い幸せを　汚すまい
核兵器や原子力発電とは別の智恵で
一木一草の智恵で
しっかりと明るく
緑なす島山に　やがて帰り着くのだ

シーカンサ

よく晴れた十二月の午後
山の畑に　シーカンサの実を採りにいった
沖縄のレモン
僕の心の原郷の風景
沖縄のレモン　シーカンサの実を
鎌を片手に採りにいった

枝に五つか六つ
形のよくないのが残っていた
あとは全部猿に食べられていた
五つか六つの
形のよくないのを採り集め
樹の下に腰をおろして

中天にある昼の月を眺めた
空は静かで
沖縄のように無言であった
シーカンサの強い香りが　手の中にあった

いろり焚き

正月三が日は
いろりを焚いて　過ごした
賑やかなことは　何もせず
とろとろと佳い火を燃して　過ごした
湯が沸くのをめで
黒豆を煮かえしたり
煮しめを煮かえしたりもしたが
のんびりと　ただ火を眺めているのが
僕の正月

めぐり来た新しい年への
僕のことほぎであり　たたかいであった

興奮によってでなく
静かに　生の充実を実感したい　と
あるとき老師は言われた
ほんとうにそうだ
どこもかしこも　世界にあるのは興奮ばかり
興奮した文明ばかり
きっぱりとそれに背を向けて
正月三が日はいろりに向かい
とろとろと佳い火を燃やして　過ごすのだ

梅月夜

ガラス戸の外は
梅が満開で
空には十一夜の月があった

ガラス戸の内には
カーテンが引かれ
暖かいコタツの中で
生まれて三ヶ月の赤ちゃんが安らかに眠っていた

月は　白雲と遊びながら
この家の屋根を静かに照らし
梅の林を照らしていた

ニワトリ達は
ニワトリ小屋で　すっかり並んで眠っていた

少しだけ春になった川が
山羊小屋に山羊がいないことを淋しみつつも
音もたてず
ずっと静かに　流れくだっていた

海から来るもの

海から来るものは
小イカ　大イカ
赤魚《アカイボ》　青魚《アオイボ》
サバ　あるいはバケツ一杯のイワシ

海から来るものは
春
透明な青緑色の潮
こどもたちの　歓声
海から来るものは
自由
そしていつも涙より深い新しい希望

海から来るものは
沈黙
三十年前と同じように
海から来るものは
白い流木
真理という　流木

すみれ草

心のありごころが
すみれ草　と止まった今年の春は
毎日　すみれ草を見て暮らした

山の道のすみれ草
野の道のすみれ草
海の道の　海より深いすみれ草

時には
その高さに寝ころんで
花びらが風に触れるのを　いつまでも眺めた

朝一番には

その花色で　心を洗った

繁栄はいらない
そして　いかなる力もいらない
すみれ草と止まった今年の春は
毎日　すみれ草を見て暮らした

夜明け前

暗闇の中で
ふいに鶏が啼く
高らかに　長く尾を引いて鶏が啼く
それを受けて隣家の鶏が
また時を告げる
それを受けて次の家の鶏が
また遠く声を放つ
暗闇の中で　じっと聞いていると
またその次の家　次の家と
声は次第に遠くかすかになって伝わって行く
そしてふいにまた
わが家の鶏が高らかに啼く
夜はまだ当分明けそうにないが

鶏たちは
この小さな里で啼きかわし
啼きかわしつつ　夜明けを迎えている
そんな前近代的な寝床の中で
真実はこちら側にあることを
わたしは知っている

スモモと雲

梅雨の合間の晴れた午後
半ば熟れたスモモの実を
彼女と二人で　三百個も四百個も採り集めた
採り集めながら
よく熟れた五個や六個の実は
じゅっと汁をほとばせながら　自らも食べた

それから　袋に小分けして
里の十一軒の家に　一軒一軒届けて歩いた
　猿に食べ尽くされぬ内に
　まだ少し青いけど　もぎました
　二、三日置いてから食べてください
と伝言しながら

道の上の家や、谷の下の家々に
散歩がてらに届けてまわり
最後の　山の上の家にも届けた帰り道で
空に立ちのぼる　ひとすじのすじ雲を見た
人生の意味と　根拠が
その　立ちのぼるすじ雲の内に在った

海沿いの道で

まだ積乱雲のわいている　夕方
涼しい風の吹いてくる
海沿いの道を歩いて行った
子供達といっしょに八キロばかり
廃校になった志戸子《しとこ》小学校跡から
まだ残っている一湊《いっそう》小学校を経て
廃校になった吉田小学校跡まで……
途中からふとその気になって
ゴムぞうりを脱ぎ
裸足になって歩いてみた
思いもかけぬ道の自由がそこにあった
うれしくて五キロほどは
裸足のままで

足の裏まで風に吹かれながら
海を見ながら
夕焼け雲を見ながら
歩いて行った

夏の海

夏の海の色は
緑
深青《ふかあお》
紫
そして母の　藍色
夏の海の色は
白雲
白雲
浜ゆうの花
そして母の　藍色
夏の海の色は

海底《うみぞこ》のシャコ貝
ウニ
黒鯛
記憶の中のタツノオトシゴ
そして母の　真実のいのちの
深い藍色

カボチャ花

大きなカボチャの花が
大きなカボチャの葉叢《はむら》の中に
二十も三十も咲いている
四十も咲いている

カボチャの葉の中に
カボチャの花が咲いているのを見ると
なぜか　心の底からほっとする
安心する
カボチャの花が咲いていれば
いつでも死んでいいような
どこまでも生きていけるような
そんな　安心である

真っ黄色のカボチャの花が
大きな緑の葉叢の中で
二十も三十も咲いている
懐かしく
ありのまんまに　咲いている

台風

十九　二十　二十一号
三週間のうちに三つの台風が
次から次と襲ってきて
僕ら南西諸島の住民は　まことにうんざりしている

さりながら
これもまた自然法爾《じねんほうに》

水道が壊れれば
雨しぶきを受けて　顔を洗い
雨水を溜めて　食器を洗い
湯にわかして　お茶を飲む

電気が停まれば
ローソクを灯し　昔なつかしく手で狐の影絵を映す
また暗闇の中で
屋根はとばぬか　川はあふれぬかと
原初のいのちの恐怖にさらされる

人の弱さを身にしみて味わい
大いなる自然を身にしみて味わう台風には
まかせるほかない
まかせて
生きたり　死んだりするほかはない

洗濯物

洗濯物をたたむほどのことに
人生はあるか
三年間をかけて
そんなことを考えていた

この頃は
もう考えない
夕方
よく乾いた洗濯物を取り入れ
まだ陽の匂いの残るそれらを　正座して
一枚一枚
なるべく丁寧にたたんでゆく

その日
その秋の私の人生が一枚一枚たたまれて
さわさわとそこに重ねられて

山にはもう
十三夜の月が出ているのだ

カッコウアザミ

初冬の庭に
百千のカッコウアザミの花が　咲いていた
静かな　青い花である

大寂静　という言葉を持たれた　尊敬する方は
高齢に到り
明るいガラス戸越しに　終日　その庭を眺めておられた
甘いものとお茶を好まれると聴いた
またあるとき　ある人が訪れ
先生は一日そうしていらして　退屈なさいませんか
と尋ねると
退屈とは何か
と逆に尋ねられたと　聴いた

茶をする　ずごんという音も聴いた
初冬の庭に
百千のカッコウアザミの花が　咲いていた
青い　静かな花であった

センリョウ　マンリョウ

センリョウ　マンリョウを探して
年の暮れの山を歩いた
お正月の花を求めて
ほの明るくて暖かい森の中を　親子三人でゆっくりと歩いた

マンリョウがあった
赤い実のマンリョウが　二本三本
五本も六本もあった
ありがとう

センリョウがあった
橙色の実のセンリョウが　二本だけあった
ありがとう

森の外では　北西風がびゅうびゅう吹いて
寒いのに
森の中は風もなく
地面の底から暖かかった
樹達の肌さえ暖かかった
センリョウ　マンリョウ　ありがとう
生きていることを　ありがとう
お正月のくることの　ありがとう

悲しい替え歌

——ぼくはアメリカが大嫌いだ——

アメリカさんアメリカさん
お腰につけたきびだんご　ひとつわたしにくださいな
やりましょうやりましょう
これからイラク征伐に　従いて行くならやりましょう
行きましょう行きましょう
あなたに従いてどこまでも　家来になって行きましょう
そりゃ進めそりゃ進め
一度に攻めて攻め破り　つぶしてしまえイラク島
おもしろいおもしろい

のこらず鬼を攻めふせて　分捕物をえんやらや
ばんばんざい　ばんばんざい
お伴の犬や猿きじは　いさんで車をえんやらや
五十年前と同じ世論形成で
また悲しい戦争が起こりました

青い花

生きていると
苦しいことの只中に入っていく
今こそ地獄だと
思うことがある

人はそのとき
青い花を見る
矢車草
カッコウアザミ
ブルークローバー
露草
オオイヌフグリ　山すみれ
青い花の

鋭い光に射られて

立ち上がることのできない生を
その光に射られて

立ち上がり
ふたたびみたび　いや百たびを
その只中に入っていく

四月六日

四月六日は入学式で
ここらはもうキンポウゲの花の盛りだった
遊生《ゆうき》君が一年生に上がるので
ささやかなお祝いの品を届けたら
掘ったばかりの竹の子を一本
ごかんともらってしまった

うれしく家に戻ってくると
誰が届けてくれたのか
また別の竹の子が一本
ごかんと　あがりがまちに置かれてあった

よいか　人の子のわたし

人生とはそういうもので　そこにしかありはしない
社会とはそういうもので　それ以上のものではない
よいか　人の子のわたし
ここらはもうキンポウゲの花の盛りで
ずうっと川が流れていて
山々はすっかり盛りあがっている
今日の夜　遊生《ゆうき》君が笑って眠れば　もうそれでよいのだ

高菜漬け

高菜の漬け物を油いためして
それと味噌汁の昼ごはん

もし高貴なる食事というものがあるなら
それが高貴
もし豪華なる食事というものがあるなら
それが豪華
もし質素なる食事というものがあるなら
それが質素

高菜の漬け物を油いためして
その葉をハシで広げ
御飯をくるんで　ゆっくりと食べる

もし心ゆく食事というものがあるなら
それが心ゆく食事
もし悲しみのない食事というものがあるなら
それが悲しみのない食事
もし世界の前で　恥かしくない食事というものがあるなら
それが恥かしくない食事

高菜の漬け物を油いためして
それと味噌汁の昼ごはん

祈り

南無浄瑠璃光
海の薬師如来
われらの痛んだ身心を癒やし給え
その深い青の呼吸で　癒やし給え

南無浄瑠璃光
山の薬師如来
われらの病んだ欲望を癒やし給え
その深い青の呼吸で　癒やし給え

南無浄瑠璃光
川の薬師如来
われらの病んだ睡眠を癒やし給え

その深いせせらぎの音で
安らかな枕を戻し給え

南無浄瑠璃光
街の薬師如来
われらの病んだ科学を癒やし給え
その深い青の呼吸で　ひともとのすみれの花を学ばせ給え

南無浄瑠璃光
天と地の薬師如来
われらの病んだ文明を癒やし給え
その深い青の呼吸の　あなたご自身を現わし給え

三光鳥

II

アザミ道

アザミの花が　ずっと咲いているので
そこを　アザミ道と呼んだ

アザミ道を歩きながら
やっとここまで来たと　思う
平々凡々
凡々平々の　アザミ道
赤紫の花々が　さわやかな風にひとつひとつ揺れるのを眺め
なにごともなく
なにごとの不足もない
歩いていくだけで
それですべてが備《そな》わっているのだ
（本当にこれでいいのだな）

と　わたくしが問えば
本当にこれでいいのだ　と
アザミ道がこたえる

アザミの花が　ずっと
百メートルも咲いているので
そこをこの頃は
アザミ道と呼んでいる

雨の歌

雨降るは　よろし
ささやぶのささの葉から
おびただしく滴《しずく》の流れおちるは　よろし
川音高きは　よろし

心沈み
石のように濡れて　そこに在るのは楽しい
心捨てられ
芋《いも》の葉のように　畑に繁るのは楽しい
雨降るは　よろし
古くなった家に雨洩りがして
洗面器でそれを受けるのも　またよろし
洗濯物乾かぬは　けれどもにくし

雨降るは　よろし

濡れそぼった石となって
また　芋《いも》の葉ともなって
今日《こんにち》の雨を受けていると
遠くで
姉妹なるあじさいの花が　咲《わら》っているよ

アオスジアゲハ

アオスジアゲハの五、六羽が
むれをなして
水たまりのへりに止まり
だまって水を飲んでいる

水たまりには
空や白雲や緑陰が映り
アオスジアゲハ達自身の姿も　映っている

生死《しょうじ》ということは　こんなものなのかな
こんなものでは少し物足りない気もするが
これほご静かなのは
わたくしなどの及ぶところではない

アオスジアゲハの五、六羽が
水たまりのへりに止まり
だまって　永遠の水を飲んでいる

山に住んでいると

山に住んでいると　ときどき
美しい　神秘なできごとに出会う

たとえば
西の山に　みか月が沈んでゆく
ようやく日が暮れきって
空の底が濃紺色にふかまり

無数の星たちが　霊的なまばたきを送りはじめてくるころ
ごかんと
西山にみか月があって
見ているあいだに

ぐんぐんと沈んでゆく
沈む音が聞こえるほどである
なぜなら
月が沈みきり
山の上にしばらく残っていた明りも消えてしまうと

あたりが急に静かになって
それまでは聞こえなかった谷川の音が
ふたたび流れはじめ
聞こえはじめるからである

山に住んでいると
ときごき　不思議なできことに出会う

台風のあとで

台風で　すっかりやられてしまった畑に
ニラの花が咲きはじめた

半ばは野生で
放っといても育つニラは
ほかの野菜が全部やられてしまった今も
すぐに立ち直り
もう　白い花を咲かせている

さびしい花
原始的な小さな花であるが　よく見れば
六枚の花弁がきちんと星状に広がり
六本のおしべがすっくと伸び立ち

世界のどんな花にもまけず
美しい花である

ニラの花
ニライカナイ*からの花
台風は
こんなみやげを　このたびは残して行ったのだ

*ニライカナイ　琉球文化の東方海上にある理想郷

石

石は
終わりのものである
だから人は　終わりになると　石のように黙りこむ
石のように孤独になり
石のように　閉じる

けれども
ぼくが石になったときは
石はむしろ　暖かいいのちであった
石ほど暖かいものはなかった
あまり暖かいので
そのままいつまでも　石でありつづけたいほどであった
事実ぼくは　一週間ほどは石であった

石は
終わりのものではない
石は　はじまりのものである
石からはじまると
世界はもう崩れることがない

野菜畑

小鍬《こぐわ》で　野菜畑の畝《うね》を切る
雨もよいの午後
森の中

しゃがみこんで
片手の小鍬で土を掘る
カヤの根　ツルソバの根　ススキの根
オオカゼグサの根　ミヤマタニソバの根　ドクダミの根

土の中は
なつかしい根だらけ
白い根　赤い根　茶色い根
黒い根　黄色い根

土の中は
なつかしい　いのちの原郷
安心立命の　湿り気の場所

小鍬で　野菜畑の畝を切る
雨もよいの午後　しゃがみこんで
森の中

樹になる

ぼくは時ごき
樹にもなる

たとえば一本の　椎《しい》の樹になる
全身で
ただそこに根を伸ばし
幹となり　枝をひろげているだけの
椎の樹になる

すると
ぼくは　青いよ
ぼくはみっしり繁る葉だよ
静かに陽が当っているよ

マメヅタやヒトツバやタマシダ
緑の苔　灰色のカビ
それにノキシノブまでいっしょに
ひとつの生態系だ
ぼくは　ただ在る
ただ在る青いひとつの生態系だ

ぼくは時ごき
樹になる

肥やし汲み

二十一世紀を目前にして
ぼくはまた　肥やしを汲んでいる
二つの肥え桶に　たっぷりと肥やしを汲み
天秤棒《てんびんぼう》にかついで　栗の木に運ぶ

時代から落ちこぼれてみると
けっこう楽しいことが　多いよ
肥やし運びもそのひとつ
梅の林の中を通って行くのだが
満開に匂うのは
梅の花ばかり
もう肥やしにまみれているから
肥やしの匂いなんか　しやしない

水洗便所を忘れて　二十二年
自分たちの糞尿を　自分たちの畑に帰して二十二年
自然に帰ってみると
月日は　夢のような楽しい月日だった
むろん悲しいことも　たくさんたくさんあったがね

じゃがいも畑で

じゃがいも畑の　草取りをする
片ひざを畑につけて
シダやゲンノショーコや
カヤやハマスゲやヨモギたちを
小鎌でおおざっぱに刈り取ってゆく

刈った草は
そのままじゃがいもの根方に伏せる
ただそれだけのことだが
肝腎《かんじん》なのは
畑に深く片ひざをつけること

片ひざを畑につけると

そこから人は　土に伝わる
人が土に伝わると
それが
いのち　やすらぎ
カタバミの小さな黄色い花も　神様に見えてくる

海《うみ》如《によ》来《らい》

海が
海如来であることを知ったのは
少し前のこと
今年の冬のことであった

春が過ぎて　夏がきても
もう　海はかわらず
海如来としてそこにある
海如来の浜辺で
わたしは楽しみに貝を採る

海如来の浜辺で
子どもたちとお弁当を食べ

妻と語る
海如来の浜辺では

なすべきことがらはない
ただ青い
青い久遠の現前に見守られて
貝を採ったり　石を拾ったり
焚き木を拾ったりするばかりである

三《さん》光《こう》鳥《ちょう》

世界には　不思議な鳥がいるものである
三光鳥という鳥である
夜が明けるとすぐに
ツキ　ヒー　ホシ　ポイポイポイ
ツキ　ヒー　ホシ　ポイポイポイ
と啼きだし
一日中
森をとおして　日が暮れるまで啼いている
月《ツキ》　日《ヒー》　星《ホシ》　ポイポイポイ
月《ツキ》　日《ヒー》　星《ホシ》　ポイポイポイ
三つの光を　讃えて啼くのだという

不思議な鳥の啼く森に住んで
わたくしもまた
三つの光を讃えることを学ぶ
学ぶことに　いつしか月日も忘れてしまう
夜になると
三光鳥は啼かない
三光鳥の眠る森の空で
月と星は　不思議の光をその鳥達に与える

白むくげ

親鸞上人は
帰命《きみょう》無量寿《むりょうじゅ》如来《にょらい》
南無《なむ》不可思議光《ふかしぎこう》
と偈《うた》われた

何かに生命《いのち》を帰すこと
帰命することは
けっきょく
この世で一番うれしく　究極なことでもあると思う

白むくげの花が　この夏の日を
毎日　咲いては散り
咲いては散りしている

日ごとに咲く　その真新しい花に
わたくしを　帰命する

ときどき
（こんなものに帰命していてよいのか）とも思うが
白むくげの不可思議光を見れば
またたちまちに　帰命してしまう

冬至

冬至の日になると
僕たちは　じつは太陽を頼りとし
太陽のおかげで生きているのだと　分からされる

もうこれ以上　暗くならない
これからはもう明るくなるばかりだ
太陽があれば
僕たちはその下で　皆で生きたり死んだりすることができる
もうこれ以上暗くならない
これからはもう　明るくなるばかりだ

一本の椎《しい》の木に　僕は語りかける
椎の木よ

あなたたちと僕たちの　今日は本当のお祝いの日だね
これ以上暗くはならない　自然生《じねんじょう》のものたちの
本当のお祝いの日だね

冬至の日になると毎年《まいねん》
今がどん底で　どん底にきたから
もう大丈夫なのだと　分からされる

大きな石

庭畑の中に
高さが一メートルくらいの　大きな石がある
石というより岩で
マメヅタがからまり　タマシダなども生い茂っている

十六年間
そこにその石があると知ってはいたし
たまにはその上に腰かけて　猿になったり
あまり草が生い茂れば　周囲《まわり》の草を刈ったりもしてきた

よくあることだが
一生に一度か二度と思えるほどに　気持が衰え
立ち枯れた冬の紫蘇《しそ》のように　みにくくこげ茶色の

わたしになった時

その大きな石が　とつぜん神様になった
暖かくて動かない
そこに在る神であった
この十六年間　わたしはそこに大きな石があると知っていて
そこにそのように在る神を　知らなかった

帰命《きみょう》

夜に入って
五右衛門《ごえもん》風呂の火をかき立てるべく
家の外に出た

さっきまでの
土砂降りの雨が止んで
空には
洗われた十三夜の月が
こう　と輝いていた
ごきりとするほど　美しい月であった

ぼくの命は　ぼくの命ではなく
月でもあることが　その時

痛いように分かり
死の恐怖というものを　はるかに
月に溶かし去ることができた

夜に入って
五右衛門風呂の火をかき立てるべく
雨の匂いのする　家の外に出た

山

鹿児島県薩摩半島の南端に
開聞岳という　姿のいい山がある
土地の人達は　この山を薩摩富士とも呼んで
昔から大切にしてきた

開聞岳の麓に　じっさいに立って
はるかに見上げると
ぎっしりと緑がつまったこの山は
確かに　神の山であった

神がそのように現前しているのであった
神は　不確かなものではない
本当に気持のいいものが　神

安らぎを与えてくれるものが　神
万人に平等な　よいものが　神
開聞岳は　それであった

薩摩半島の南端に
海を見おろして
開聞岳という姿のいい山がある
土地の神山であるが
それだからこそ　本当の神なのであった

青草の中のお弁当

春の彼岸の二日目
風はまだ冷たかったが　上々のお天気だったので
庭の青草にゴザを敷いて
お昼を弁当にすることになった

二才十ヶ月のすみれちゃんの　いのち
三才四ヶ月の海《うみ》ちゃんの　いのち
三十六才の春美さんの　いのち
五十四才の僕の　いのち
四つのいのちが
青草に囲まれ　明るすぎるほどの光の中で
楽しく賑やかに　お弁当を食べた

家族ほどよいものは　ほかにない
たのしくお弁当を食べる家族ほどよいものは
この世界に　ふたつとはない

食べ終わって
チビちゃんたちは草の中で遊び
春美さんと僕はごろりと仰向けになって　光を浴びた
光を浴びながら僕は
金木犀《きんもくせい》の新芽は
ひとときも静止することなく　かすかな風に揺れつづけている
という　大発見をした

カメノテ採り

カメノテという
亀の手の形をした貝がいる
岩の割れ目に　びっしり並んで　岩に根をおろしている
それを鉄の鈎棒《かぎ》でかき起こす

波しぶきのはねる　大岩から大岩へ
小半日をかけて
物言わず
物思わず
ひたすらカメノテを採り集める
自分の人生から
逃れることはできないから
春になったら

海に行く

ひと晩のおかずを集めるために
うしなわれた自分をとりもどすために
今　ここらは真昼で
岩の割れ目には
びっしりとカメノテが　根をおろしているのだ

風の過ごし方

大風がごうと吹いて
椎の木立が　ゆっさゆっさと揺れる時には
ツマベニチョウたちは
ハンダマ*の花に止まって
羽を閉じる

強い風の時には
ツマベニチョウたちは
そうやって風が過ぎるのを待つ
だから僕も
世間の苦《にが》い風がごうと吹いてきて
悲しみにくれる時には
羽を閉じて

観音様という花に止まる
僕はチョウではないから
羽を閉じるのは　なかなかむつかしいが
ツマベニチョウたちを見ていると
ただ心を
閉じればよいのだと分かる

強い風の時には
ツマベニチョウたちは
ハンダマの花につかまって　風が過ぎるのを待つ

＊ハンダマ　水前寺菜の屋久島での呼び名

のうぜんかづら

のうぜんかづらの花は
なかなか咲かない
四月から心待ちにしていて
五月にも　六月になってもまだ咲かない

七月になったら　その朝に
いきなり十も二十も　ぼっと橙色の花を咲かせた
待っていても
その時はやってこないものだ
待つのをやめた時に
その時がいきなり　ぼっとやってくる

それが　待つ　と

いうことなのだなぁ

のうぜんかづらの
なによりも艶《あで》やかな　素朴な花が
まるで不思議に　今は
家の入口に　アーチの型で咲いている

自分の樹

ひとつの課題《テーマ》は
自分の樹木を見つけだすことだろう

自分の樹木を
自分の守護神として
あるいは　自分の分身として見つけだすことだろう

森の樹でもいい
神社やお寺の樹でもいい
公園の樹でも　街路樹でもいい
大木でなくてもいい
これが自分の木だと呼べる木に
ある時　確かに出会うことで　人はとつぜん豊かになる

南無浄瑠璃光
樹木の薬師如来
われらの沈み悲しむ心を　癒したまえ

その立ち尽くす青の姿に
われらもまた　静かに
深く立ち尽くすことを　学ばせたまへ　と

月夜

深夜に目覚めて
ガラス戸から見ると
ポンカンの葉むらに　千匹のホタルが
じっと動かず
しんしんと　千の黄色い光を放っていた

それはもちろん
動かぬ千匹のホタルではなくて
夜露の葉におちた月の光なのであるが
動かぬ千匹のホタルがつくる
光の樹　と呼ぶべきもののようであった

風がくると

ホタルたちははっと飛びたち
一瞬にして消えるが　風が過ぎると
また動かぬ千匹のホタルとなって
光の樹　となる

深夜に目を覚まされて
その　月光の観世音　南無仏

童心浄土

うららかに陽の射しこむ　朝
お茶を飲みながら
善い書物を読んでいると

おはよう
といいながら　ニコニコ笑って
三歳の海《うみ》ちゃんが起き出してきた

起きてすぐに　ニコニコ笑い
笑いながら
おはよう　というなんて
神さまでなくて　なんであろう
神のこころでなくて　なんであろう

このところ　毎日いいお天気がつづき
そのことに感謝しつつ
朝のお茶を飲んでいると

おはよう
といいながら　ニコニコ笑って
童心浄土が　起き出してきた

灰　ということ

――立川叔男さん――

ある時
ハーディガーディという西洋の古楽器の演奏を　聴いて
これは　自我が灰になる時の音だ
と　感じたことがあった

冬の日が暮れて
五衛門風呂を焚いていると
そこだけ赤々と　地獄のように豪華な
火明りの内に

一本一本の薪《まき》が
黄金《こがね》色そのものとなって
やがてゆっくりと

POST CARD

恐れいりますが
切手をお貼り
ください

113-0033

東京都文京区本郷
2-5-12
野草社

読者カード係 行

ふりがな		年齢	歳
お名前		性別	女・男
		職業	
ご住所	〒 都道府県 区市郡		
お電話番号	－ －		

◉アンケートにご協力ください

・ご購入書籍名

・本書を何でお知りになりましたか

□書　店　　□知人からの紹介　　□その他（　　　　　　　　　　）

□広告・書評（新聞・雑誌名：　　　　　　　　　　）

・本書のご購入先　　□書　店　　□インターネット　　□その他

（書店名等：　　　　　　　　　　）

・本書の感想をお聞かせください

＊ご協力ありがとうございました。このカードの情報は出版企画の参考資料、また小社からの新刊案内等の目的以外には一切使用いたしません。

◉ご注文書（小社より直送する場合は送料1回290円がかかります）

書　名	冊　数

金色の灰となって　燃え尽きてゆく

金色の灰は
自我が灰になるその時の　色ではあるまいか
そのように輝いて　神の中に
灰になる自我

ある時
ハーディガーディという古楽器の演奏を　聴いていて
これは　自我が灰になる時の音だ
と　びりびりと感じたことがあった

山呼び*

山に向かい　山を呼ぶ
なんだかすっかりぼろぼろになってしまった体に
山よ
もう一度　魂を　もどしてくださいと
山を呼ぶ

立春の青黒い山は
なにもこたえてはくれないが
それでもかすかに　振動するものがある
かすかなる　千年静座の
振動のごときものがある

山に向かい　山を呼ぶ

こんなにもぼろぼろになってしまった体に
山よ
もう一度　力強い魂をもどしてください　と
山を　呼ぶ

＊「山呼び」は、死者の魂を呼び戻す民俗儀式

白木蓮

六年前に植えた白木蓮が
初めて大きなつぼみをつけてくれ
この雨水《うすい》*の雨を受けて　少しずつ開いてきた

毎朝毎夕
その豪華なつぼみを眺めては
一期一会の合掌

ふしぎがいっぱい

この雨水《うすい》の暖かな風を受けて
おごそかに静かに

けれどもひとつの野の花として
かんのんさまのように
白木蓮のつぼみが　開いてきた

＊雨水《うすい》は二十四節気の一つ、立春の次にくる。

お話

タチツボスミレの花が　いっぱい咲いている道で
二歳になるすみれちゃんと　お話をした

すみれちゃんは　どこからきたの
スミレの花から　きたの

じゃあ　海《うみ》ちゃんは　どこからきたの
海ちゃんは　海からきたの

じゃあ　赤ちゃんは（また、次が生まれたのです）
どこからきたの
おかあさんの　おなかから

じゃあ　おかあさんは　どこからきたの
おかあさんは　はるみだから　はるからきたの
みんな　春から　きたんだね

キャベツの時

わたし達は
この世界で生きねばならず　この世界を支配している
時間の中で　生きねばならぬが

ふと見ると
雑草だらけのキャベツ畑《ばたけ》の時間　と　いうものもある
雑草に埋もれた　キャベツ畑の時間は
緑が　ゆっくりとかたまる時間　よく見ると

そこには　人間がかって知ることのなかった
〈不思議に　巻きしまる〉　という時間が
充ちている

世界は大切だし　まして日本の社会は大切であるが
たまにはすっかり投げだして
雑草だらけのキャベツ畑で　キャベツの時になる

まごころはごこに

――和田重正先生――

まごころはごこに　と
静かに問いかけられた方が　ある

たくさんの　こころのなかで
わたくしたちは

まごころ　というこころがあることを忘れ
それとともに

自分ではなく生きることに　馴れてしまった

逝かれた方よ
逝かれた方よ

澄んだ青空の　絹雲よ
まごころはどこに　と
静かに問いかけられた方が　本当はあるのだ

深い星空

晴れた夏夜がつづき
深い星空の夜が　つづいている

森に住むことの　しあわせ
くる夜もくる夜も

星空のもとに　在り
星ぼしと魂を合わせて　在る

家のすべての灯《あかり》を消して
家ごと　しっとりと森の闇につつまれ

その露台で

無数永劫の　星ぼしの海を浴びる

ただそれだけ
それだけで　人生は完璧で　かぎりなく善いものだ

星ぼしの海の底で
夜ごとに　星ぼしの海の底からの　白光を浴びる

白露《はくろ》

白露という　季節の呼び名がある
身にしみる　善い呼び名である

苦しめばこそ
悲しめばこそ　白露にいたる

生きればこそ
死ねばこそ　白露にいたる

草の葉に白露
おびただしい蟬の亡骸《なきがら》に白露

とんぼに白露

その大地に白露

死ねばこそ
生きてあればこそ　白露にいたる

忘れられかけた
二十四節気　白露という神の季節がある

金木犀

やわらかに澄んだ　秋の陽《ひ》ざしの中に
金木犀が咲きだした

六年前に植えて　年々に育て
ようやく去年から　本格的に咲きはじめたその木が

今年はまたひとまわり大きくなって
おしもおされぬ　金木犀の木となった

〈家族という木〉
金木犀に秋の陽
秋の陽に金木犀

さらに加えるべきことは　一語もないのであるが
〈家族という木〉と呼べば
金木犀は静まり　金木犀は咲《わら》う

沈黙者

青空の下　陽はあふれ
山々は　沈黙者となる
青空の下　陽はあふれ
東の山は　沈黙者である
青空の下　陽はあふれ
南の山は　沈黙者である
青空の下　陽はあふれ
西の山は　沈黙者である
三方を山に囲まれた

ティク・ナット・ハン 著
島田啓介 訳
ティク・ナット・ハン詩集
私を本当の名前で呼んでください

私の喜びは春のよう
その暖かさで
世界中の花を開かせる
私の痛みは涙の川のよう
溢れかえって
四つの海を満たす

ティク・ナット・ハンがその簡潔で流麗な言葉で読む者のこころをマインドフルネスに誘う。
欧米で広く読みつがれてきたティク・ナット・ハン唯一の詩集の日本語版初訳。

ISBN978-4-7877-1981-2
四六判変型／ 464 頁／ 2800 円＋税

ティク・ナット・ハン 著
馬籠久美子 訳
ティク・ナット・ハンの般若心経

ブッダの教えの真髄である般若心経を新たに訳し直し、1500 年もの長い間、真理を求める人々に大きな誤解を生み続けた「空」の意味を明確に解説する。「般若波羅蜜の智慧によってこそ、私たちは本質に触れることができるようになるのです」

ISBN978-4-7877-1881-5
四六判上製／ 276 頁／ 2000 円＋税

ティク・ナット・ハン 著
山端法玄、島田啓介 訳
ブッダの〈気づき〉の瞑想

瞑想の基本となる経典を全訳、ていねいに解説。「瞑想を学びたいと思うなら、このサティパッターナ・スッタ（四念処経）を基本に据えてください。つねに座右の一冊として、本書をそばに置かれることをお勧めします」

ISBN978-4-7877-1186-1
四六判上製／ 280 頁／ 1800 円＋税

ティク・ナット・ハン 著
島田啓介 訳
ブッダの〈呼吸〉の瞑想

ブッダの呼吸による気づきの教えを説いた重要経典アーナパーナサティ・スッタ（安般守意経）を現代語に全訳し、実践法までていねいに解説する。『ブッダの〈気づき〉の瞑想』と対になる基本図書。「呼吸によって心の解放にたどり着きます」

ISBN978-4-7877-1282-0
四六判上製／ 272 頁／ 1800 円＋税

ティク・ナット・ハン 著
島田啓介 訳
ブッダの〈今を生きる〉瞑想

ティク・ナット・ハンが推薦する瞑想の基本となる経典の第 3 弾、完結編。「ひとりで生きるより良き道の教え」（バッデーカラッタ・スッタ）を全訳し、瞑想を実践するための基本的な姿勢を説く。「いのちと出会う場所は今ここです」

ISBN978-4-7877-1681-1
四六判上製／ 192 頁／ 1500 円＋税

ティク・ナット・ハン 著
島田啓介 訳
リトリート ブッダの瞑想の実践

瞑想の基本教典「呼吸による完全な気づきの教え」をテーマに行った、21 日間のリトリート（瞑想合宿）の記録。ティク・ナット・ハンの法話の数々に深く耳を傾けながら、呼吸を味わい、本来の自分自身に立ち返る時をもっていただけたらと思う。

ISBN978-4-7877-1481-7
四六判上製／ 432 頁／ 2500 円＋税

ティク・ナット・ハン 著
島田啓介 訳
大地に触れる瞑想
マインドフルネスを生きるための 46 のメソッド

「大地のようにたくましく。／大地に触れ、私たちの感謝、喜び、すべてを受け入れる心を、母なる地球に伝えます。この実践は私たちに変容と浄化をもたらし、人生に喜びと活力を取り戻させてくれます」――ティク・ナット・ハン

ISBN978-4-7877-1581-4
B5 判変型／ 196 頁／ 1800 円＋税

山尾三省

原郷への道

ISBN978-4-7877-0381-1

四半世紀を屋久島の森に住み、直進する文明の時間ではなく、回帰する自然の時間に学び、この時を大切に生きた詩人・山尾三省。鹿児島発の「文化ジャーナル鹿児島」、屋久島発の「生命の島」の二つの地元誌に連載した珠玉のエッセイを収録。

四六判上製／256頁／1700円＋税

山尾三省

観音経の森を歩く

ISBN978-4-7877-0481-8

『法華経の森を歩く』で、「法華経」を万人に普遍的な真実の言葉として、狭い宗派の呪縛から解き放った詩人は、その第25章「観世音菩薩普門品」にさらに分け入り、観音性の根源を見つめ、病と向きあう中で、全20回の完結を見たのである。

四六判上製／240頁／1700円＋税

山尾三省 詩集

びろう葉帽子の下で

ISBN978-4-7877-9381-2

「歌のまこと」「地霊」「水が流れている」「縄文の火」「びろう葉帽子の下で」と題された全5部252篇の言霊は、この時代に生きる私達の精神の根を揺り動かさずにはいない。詩人の魂は私達の原初の魂であり、詩人のうたは私達の母の声なのだ。

四六判上製／368頁／2500円＋税

山尾三省 詩集

祈　り

ISBN978-4-7877-0282-1

2002年8月28日、屋久島で初めて行なわれた「三省忌」の日に出版された本書は、詩集未収録作品、未発表作品を中心とした8冊目の詩集である。木となり、森となり、山となり、海となり、魂は星となり、光となって、詩人は今日も詩い続ける。

A5判上製／160頁／2000円＋税

山尾三省 文、山下大明 写真

水が流れている

屋久島のいのちの森から

ISBN978-4-7877-0181-7

屋久島の深い森を育む豊かな水の恵み。屋久島の森に暮らし、自らの生を見つめ続けた詩人と、屋久島の森に通い、いのちの時間を撮り続ける写真家。二人の作品が織りなす「水」への讃歌集。入手不可能だった幻の書が、野草社版として蘇る。

B6判上製／104頁／1400円＋税

山下大明 文・写真

森の中の小さなテント

ISBN978-4-7877-0383-5

テントで寝起きしながら屋久島の深い森に通い、そこに積み重なっていくいのちの実相を撮り続ける写真家。雨の暖かさ、樹のぬくもり、森の音の豊かさ、巡りゆくいのちの確かさ……失われた感覚と生死の輝きを呼び覚ます待望の写文集。

A5変型判上製／148頁／1800円＋税

山下大明 写真集

月の森

屋久島の光について

ISBN978-4-7877-1184-7

森は暗い。森は怖い。そして、森は美しい。息を潜め、何ものかの気配を背中に感じながら、歩き、佇み、しゃがみ込み、そしてまた歩く。『樹よ。―屋久島の豊かないのち』の出版から20年の時を経て、山下大明の目に映る、屋久島のいま。

A4判上製／84頁／3800円＋税

山下大明 写真集

樹よ。

屋久島の豊かないのち

ISBN978-4-7877-1283-7

南の島に雪が降る。豊饒の島を鮮やかに切り取り、屋久島写真の流れを変えたエポックメイキングな作品。多くの写真家に影響を与えながら、長らく入手困難だった幻の写真集、待望の復刊。
「水が実は樹という喜びの形で立っているのだ」

A4判上製／112頁／4200円＋税

大日月地神示
【前巻】,【後巻】

【前巻】ISBN978-4-7877-1883-9
【後巻】ISBN978-4-7877-1884-6

「大日月地神示（おおひつくしんじ）」は、日本のシャーマンである神人（かみひと）を通じて、異次元世界より降ろされた、地球人類に対しての救世の神示である。この神示はかつて、艮金神（うしとらのこんじん）が出口ナオを通して「大本」のお筆先（ふでさき）として伝え、さらには岡本天明を遣って「日月神示」を表した靈団からの、現代の靈言である。2017年12月、「ここまで」と伝えらえた全神示を2冊でお届けする。
【前巻】は「日月神示」45編を収録
【後巻】は「大日月地神示」72編を収録。

【前巻】四六判上製／248頁／2000円＋税
【後巻】四六判上製／352頁／2500円＋税

やまぐちさえこ 作、かみひと 原案

宇宙（そら）の中にある ❶,❷,❸

❶ ISBN978-4-7877-1582-1
❷ ISBN978-4-7877-1683-5
❸ ISBN978-4-7877-1882-2

ある日、平凡な若夫婦の一人娘、みらいちゃんが交通事故で重体に。肉体を抜け出したみらいちゃんの魂が触れたものは……。愛する家族との深い縁を描きながら、生とは、死とは、神とは何かを伝える、マンガ版スピリチュアル・メッセージ。第3巻では、みらいちゃんがイジメをきっかけに心の殻を閉じ、家族の間にもさざ波が。そんな中、導かれるかのように沖縄の自然と人びとによって、以前よりも深い愛情と強い絆を結んでゆきます。
〔主要目次〕第1巻:生きているって素晴らしいほか／第2巻：存在していることの不思議ほか／第3巻：何度も生まれ変わり今があるほか

各A5判／288頁／1500円＋税

神　人

一陽来福

ISBN978-4-7877-1781-8

シャーマン・神人が、Web上で発表してきたメッセージから37の言葉をセレクト。世の中の人たちの意識を神人が読み取り、いま必要としている言葉を見つけだし綴った一言集。タイトルの「一陽来福」には、悪いことが続いた後は必ず幸運に向かっていくというメッセージが込められている。
〔主要目次〕
Ⅰ〝知る〟ことのメッセージ
Ⅱ〝気づき〟のメッセージ
Ⅲ〝変わる〟ことのメッセージ
Ⅳ〝愛する〟ことのメッセージ
Ⅴ〝感謝する〟ことのメッセージ

四六判変型／128頁／1250円＋税

神　人 著　川口澄子 画

しあわせ手帳

ISBN978-4-7877-1885-3

「しあわせって何ですか？」

果たして何人の人がこの問いに明確に答えられるでしょうか。物質社会にどっぷりつかってしまった私たちに、神人が優しく問いかけてくれます。

書き込み式で、過去の自分をふりかえり、現在の自分を見つめ、未来の自分を思い描きながら、しあわせについて考えてゆく手帳。

自分を見つめる作業はつらいものです。そんなとき、川口澄子さんのかわいいイラスト、楽しいマンガが心を癒してくれるでしょう。

さあ、あなただけの、しあわせ手帳を作ってみてはいかがでしょうか。

A5判／108頁／1400円＋税

この谷間の土地で
谷川の音ではない
沈黙者の声を開く

青空の下　陽はあふれ
現臨せるもの　の声を聞く

地蔵　その一

お地蔵さん　というのは
深土を神とすることである

私たちは
神は天のどこかに在ると思い
また　私たちの心の中に在ると思い
また　そんなものはどこにも存在しない
と考えているが

本当は
土がそのまま神なのであり
私たちは　それともしらず
神の上で遊び　仕事をし

神の上で苦しみ　涙を流していたのであった

お地蔵さん　というのは

今の時代では　ますます軽んじられてはいるが

深土を神とする思想　のことである

地蔵

その二

お地蔵さん　というのは
深土を　神と知ることである

すみれの花が　咲くでしょう
野いちごの花が　咲くでしょう
それが　お地蔵さん

青草が　いっぱいでしょう
安心　するでしょう
それが　お地蔵さん

暖かい　でしょう
ごっしりと　深いでしょう

それが　お地蔵さん
お地蔵さん　というのは
来たるべき　わたしたちの深土の文明の呼び名です

一日暮らし*

海に行って
海の久遠を眺め
お弁当を　食べる

少しの貝と　少しのノリを採り
薪《まき》にする流木を拾い集めて　一日を暮らす

山に行って
山の静かさにひたり
お弁当を　食べる

ツワブキの新芽と　少しのヨモギ
薪にする枯木を拾い集めて　一日を暮らす

一生を暮らす　のではない
ただ一日一日
一日一日と　暮らしてゆくのだ

＊「一日暮らし」は正受老人（一六四二〜一七二一年）の言葉

切株

畑の中の　切株に腰をおろして
あたりを眺めるときが　いちばん仕合わせです

青草がいっぱいだな
風が吹いているな
水の音がきこえているな

キュウリの芽が　出てきたな
カボチャの芽が　出てきたな
インゲンの芽も　出てきたな

陽が照ると　心が明るく輝きます
陽がかげると　静かになります

静かになって　われにかえります
畑の中の　切株に腰をおろして
あたりを眺めるときが　わたくしが成就しているときです

かぼちゃ花

かぼちゃの花が咲いた
大きく　りっぱな　かぼちゃの花が咲いた
この花の奥に
わたくしの原郷は　在る
カミは　在る

純粋に黄金色の
りっぱな　かぼちゃの花が咲いた

七月の月

島には梅雨明け十日とか、二週間とかいう呼び方があって、梅雨が明けると同時に一年中で一番安定した晴天の日々がつづく。

洗濯物の乾かないうっとおしい日々の後に、いきなり真夏のまっ青な空の日々が訪れるのである。気象台が発表する梅雨明け情報は聞かなくても、突然に訪れる空の青さや雲の白さ、太陽の勢いなどから、私たち島の人間には、よしこれで梅雨が明けたと分かる。

今年はその日が七月二日に訪れて、その時以来すでに十日以上の晴天がつづいている。

ある日、一番に晩ご飯を食べ終わったすみれちゃんが、居間つづきの手作りの露台に出て、

「お月さまがまんまるだよ」

と叫んだ。すると、すぐ上の五歳の海彦がハシを放り出して露台に出てゆき、

「なあんだ、まんまるじゃないじゃないか。まだへこんでいるよ」

と断言した。

たちまちすみれちゃんがくしゅんとなったので、私もハシを置いて露台に出てみた。

南東の山の上に、いつのまにかすっかりまるみを帯びた月が、涼しくこうこうと輝いていた。

「まんまるじゃないけど、まあるい、いいお月さまだね」

まあるい、というところに力を入れて、私はすみれちゃん

に肩入れをした。妻も立ち上がってきて、

「ほんとだ、あさってごろは満月かもね」

と、これまたごちらかというとすみれちゃんに肩入れをした。

「そうかなあ、この月はまだ十一夜ぐらいだと思うけごなあ、日めくりを見てごらん」

と、私は受けた。

妻が日めくりで調べると、その日は旧暦の六月十二日で、私の見立ての十一夜でも妻の見立ての十三夜でもなく、十二夜の月であることが分かった。


それから二晩は、月というより雲の美しい夜がつづいた。さざ波のような白雲が空いっぱいに広がり、夜であるにもかかわらず、空は蒼《あお》くさえ感じられた。

白雲の形の変化は、それこそ自然の妙であり、雲と月とで繰り広げる照らし合い遊戯は、この世のいかなる遊戯の楽しさも遠く及ばないものであった。

三日目の夜、その日も一番に晩ご飯を食べ終わったすみれちゃんが露台に出て、

「お月さまが、すごいよ」

と伝えた。

そのひと言で、私も妻もその日が満月であったことを思い起こし、私はすぐさまハシを置いて露台に出た。

それは、本当にすごい月であった。

雲ひとつなく澄みきった空に、月は太陽のように激しく、ぎらり、と輝いていた。一瞬、あとずさりしそうなほどに圧倒されて、私は体を立て直さねばならなかった。

「すごい月だ」

短くそう叫ぶことによって、心身を正した私は、その月を一歳五カ月の閑《かん》ちゃんに見せようと思った。

その年ごろの幼児は、鋭敏きわまる感性にあるので、月を怖がることがある。その四、五日の間に、怖がらないように少しずつ月というものになじませてきていたので、大丈夫という感じはあったが、私は気持ちをことさらに優しくして閑ちゃんを抱き上げ、露台に連れ出して満月を見せた。

すごい月だったが、すごいと言ってしまうと閑ちゃんが怖がるかもしれない。

そこで、

「きれいだねえ、お月さま。きれいだねえ、お月さま」

と言いながら、二人でのぞきこむようにして月を眺めた。するととする不思議なことに、月はごんごん優しくなり、ぎらりとするすごみではなくて、きれい、という言葉が本来秘めている、清らかに澄んだものとしての輝きに変ぼうしてくるのだった。

しばらく眺めてから、その日は立ち上がってこなかったお母さんのところへ閑ちゃんを戻すと、それでも閑ちゃんは興奮して、口をとがらせ、

「ウーウ、ウーウ」

と露台のほうを指さしながら、今見てきたものを、母親に伝えようとした。

食後の後片づけを終わり、ひと休みすると、もう子どもたちの眠る時間である。眠る時には、上の二人はお母さんに絵本を読んでもらい、そのそばでごろごろしているうちに閑ちゃんもいつとはなしに眠る。けれどもその夜は、一度寝室に入った閑ちゃんがまた出てきて、指で露台をさし、月を見せろとせがんだ。

私としては可愛くて、抱き上げてまた露台に出、しばらく月を見せてから寝室に戻した。すると、一分もしない内にまた出てきて、もう一度見せろとせがむのだった。

「お月さま、お休みなさい。閑ちゃんはねんね、ねんね」

そう言って月に手を振り、寝室に戻してきたのだったが、しばらくするとまた出てきた。

「お月さま、お休みなさい。閑ちゃんはねんね、ねんね」

今度は閑ちゃんは、両手でお月さまにバイバイをして、それで満足したのか、そのままもう出てはこなかった。

空気が澄んで、寒いほどに涼しい夜であった。子どもたちが寝静まってから、ふた親が心ゆくまですごい月を眺めたのは、むろんのことである。

洗濯物干し

平安末期の僧　良忍という人は
一人一切人《いちにん》　一切人一人
一行一切行《いちぎょう》　一切行一行

という　確信を得て
融通念仏宗《ゆうずう》という　新しい宗門を開かれた

その確信を受けて
わたくしがなにをするかといえば

真夏の　深い青空へ向けて
洗濯物を　干す

ばんばん　とよくはたいて
小さなシャツ　小さな短パン　たくさんのおむつを
次から次へ　干してゆく

干しおわって
洗濯物たちが　もう風に揺れているのを　見ると
一行というものは　じつは楽しい遊戯であったとわかる

十四夜

森の月は　美しい
森の月は　瞬時に悲しみを抜いてくれる

あなたとおなじくわたしにも
百もの　悲しいことや辛いことがあって
正直にいって　多くの日々は悲しく　また辛いのであるが

森の月は
そのこころを　瞬時に抜いてくれる
それでわたしは
それをカミと呼び　宇宙の眼と呼び
わたしのもうひとつの眼とも　呼ぶのであるが

森の月は　美しい
森の月は　いつでも瞬時に　わたしのこころを　月にしてしまう

ゆっくり歩く

忙がしい今日だから
ゆっくり歩く

秋の陽のふりそそぐ音が
きこえますように

そよ風が
素足《すあし》にやさしく　ほほえみますように

きんみずひきの黄色の花が
おのずから　この心にとまりますように

岩たちの無言の歌が

無言のままに　ひびきわたりますように
忙がしい今日を
ゆっくり歩く

III

親和力

雨あがり

雨あがりの畑を
無数のうす紅《べに》色のトンボが　飛びまわっているので
わたくしの胸のうちにも
神というトンボが　無数に飛びまわっている

愛において　一日を始め
愛において　一日を働き
愛において　一日を終わらせなさい　と
善き人は　そのトンボにおいて　伝えられる
あまりに厳しいことばであるが
そのことばから　逃れることはできない
それは私《わたし》の要請であり
わたくしのことばなのであるから

雨あがりの畑を
無数のトンボが飛びまわり
わたくしの胸のうちにも
無数の　神のトンボが飛びまわっている

流木拾い

ひとつの楽しみは
流木拾い

はれわたった海辺で
一寸厚《いっすんあつ》*の板や
三寸角《かく》の　角材を拾う

海はもちろん　材木屋さんではないけど
そこに行けば　ときどき
必要な　そんな材木が打ち寄せられている
海の青さに
おのずから無言になって
家修理の流木を拾う

その楽しみが　はれた冬の海の
そのまま　生死《しょうじ》の楽しみ

＊一寸は約三センチ

オリオン星《ぼし》

オリオン星は
昔は
ただ　みつらぼし星と　呼ばれていたという

その三つの星の姿が
だれの眼にも　よく見えたからであろう

早春の宵の空に
その　昔が
そのまま　賑《にぎ》やかに南中している
お祖父《じい》さんオリオン星が
のぼってくる限り
わたくしは　大丈夫だ

みつら星が　賑やかにのぼってくる限り
人類も　大丈夫だと思う
口にはださず　そうつぶやいているものがある

海とカラスノエンドウ

カラスノエンドウの花の咲く
砂浜に
腰を沈めて

雨もよいのきょうは
あわいコバルト色の　海を眺める

この海の　時間は
すでに　四十億年をこえているのだという

四十億年の
きょうは　あわいコバルト色の　海の時間

そんな記憶があるかね　とカラスノエンドウに聞けば
もちろんあるさ　と
ひかえめに　カラスノエンドウは　こたえる

青葉

ひかり　静まる空に
ウリハダカエデの青葉が
ゆっくりと揺れている

これが　地球四十六億年の願い

ひかり　静まる空に
ウリハダカエデの青葉が
さわさわと　さわさわと

これが　宇宙百五十億年の奇蹟

ひかり　静まる空に

ウリハダカエデの青葉が
神　ここに在りと　揺れている

これは　人類二百五十万年の願い

ひかり　静まる空に
ウリハダカエデの　新しい青葉が
さわさわと　さわさわと

真昼

ぼくが　木いちごの実を食べていると
みかんの花が　突然
はらはらと散った

胸が黒くてお尻が橙色の
クロマルハナバチが　何匹も
みかんの花のミツを吸っては
花びらを散らしまわって　いるのだった

川が流れる音しかない
しんとした真昼
木いちごの実を食べながら　ぼくは
クロマルハナバチという　もうひとりのぼくを

はじめてつくづくと　見た
（タヒチライムという種類の）
みかんの花が
風もないのに　はらはらと散るのを

夏の朝

山の上の空が
しん　と澄み
きょうも　上々のお天気である
浜木綿《はまゆう》の真白の花が
その青空に
匂うように咲きだし
白木槿《むくげ》の花も
凛々と
その青空を　讃えている
白い花たちと

子供たちの無垢の希望と　わたくしと
すべてのことは　同時同行

山の上の空は
しんと澄み
ただここに　ひたすら在《わ》ればよいことを　伝えている

貝採り

がんがんと照りつける太陽
青紫色の海
大きな　涼しい風

岩から岩へと伝い歩き
ときには波のしぶきを浴びて
ぼくはひとりで
貝を採る

誰もいない岩海で
ぼくはひとりの　縄文人になる
縄文人の無言
縄文人の豊饒《ほうじょう》

誰がなんと言おうと
これを文明に手渡すことはできない
体が知っている
縄文人の無言　縄文人の豊饒

大きな　涼しい風
がんがんと照りつける太陽
青紫色の　海

白露《はくろ》節

今年もまた　ひんやりと
白露の季節となった

もっと激しく
存分に　海で泳ぎたかったが
その時は過ぎて　もう秋だ

白い萩の花が　美しく咲きだし
今年もまた　千年前と同じように
正しく　秋がきたことを　告げている
萩にみちびかれ
ゲンノショーコにみちびかれ
キンミズヒキの花にみちびかれて

今年もまた　わたくしも
こんなに正しい　秋のひとになる

善光寺

善光寺様
善光寺様

ことしも　わたしたちの庭畑に　あなたの
不思議の　金木犀の花が　咲きました

ことしは
こちらは苦しく乱れて
金木犀は咲かず　水も流れぬ秋かと
思っていましたのに
善光寺様
善光寺様

ことしも　この貧しい庭畑に　あなたの
不思議の　金木犀が
香りいっぱいに　咲き満ちました

善光寺様
この世界という　善光寺様

木《こ》洩《も》れ陽

たたみの上に
ぽんかんの葉叢《はむら》から洩れてきた陽が
さまざまな　美しい形をつくりだしている

この世界では
不如意のことがままあり
時にはその底に落ちこむこともあるが

そのなかに　じっとうずくまり
あるいはじっと横たわって
眺めていると

そのたたみの上で

ぽんかんの葉叢から洩れてきた陽が
不死の妙薬のように　ゆらいでいる
さあ　わたくしを飲んで
今はゆっくり　羽を閉じていなさいと

梅二輪

二枝の梅を手にして
メルボルンに七年住んだ友人が
遊びにきてくれた

一人の男が　なぜか梅の花に出遇い
それを折り採ろうと　思い
折り採り

それを手にして　人を訪ねる　背後には
その人の　銀河系のように深い　人生がある
それを受け取り
花筒に挿す　こちらにもやはり
銀河系のように深い　人生がある

梅二枝に
梅二輪
きちんとした　これが銀河系の秩序です

雨水《うすい》節

畑では　大根が
にょっき　にょっきと　太っている

それを見ること
それを引き抜いて　食べることは
一流高校を出て　一流大学に入ることよりも
ずっと　しあわせなことだ

ぼくたちは　ここらでもう一度
本当のしあわせ　というものをしっかりと
考え直さなくてはならない
自分というものを　見直さなくてはならない

畑では　雨水《うすい》節の薄い陽を浴びて
大根が　にょっき　にょっきと　太っている

春

畑いっぱい菜の花が咲けば
ぼくには　菜の花がカミ様だ
ハクモクレンが真っ白に咲けば
その木の下で　ぼくにはハクモクレンがカミになる

若いヨモギの密生地では
ヨモギがカミ
カタバミの密生地に入れば
たちまち　恭《うやうや》しいカタバミ教徒となる

桃が咲けば　桃の花がカミ
リュウキュウイチゴが咲けば
その白い花がカミにもなる

ぼくは　すべての
静かに充実してあるものたちの　信徒である

ふしぎがいっぱい

春雨前線の　少し冷たい雨の中で
コデマリの花が
ぎっしりと　清らかに咲いている

こころみに　その一枝を折りとり
花数をかぞえてみると
三十二個の小さな円い花が
その一枝に　ついているのだった

そのうちの一つの
密集した小花の数をかぞえてみると
またもや三十二個の
それは小花から　できているのだった

このふしぎ
法華経には
〈汝にして一切智と　三十二相を具すれば
すなわち　これ真実の滅《めつ》（知慧）ならん〉と
記されてある

森歩き

森を　ゆっくりと歩く
足もとには　ふたりしずかの花
みっしりとおおう　苔《こけ》類
水の音

若き僧　縁愚《えんぐ》さん曰《いわ》く
〈この森に　山蛙となって移り住みたい〉と

モミの巨木　スギの巨木
ツガの巨木　ハリギリの巨木
湿った森を　ゆっくりと歩く
足もとには　みっしりと苔類の大海

人がもし　山蛙となって
より深く　この苔類と親しむならば
世界平和は　まことに
おのずから　成就することであろう

テリハノブドウ

テリハノブドウの実は
青　赤　紫
ここが　ガラリヤ*の地

その　ひそやかさ
しずかさ
美しさのうちに

テリハノブドウの
千枚の　緑の葉のうちに
人類の夢もまた　宿っている

テリハノブドウの　実の色は

紫　赤　青
ここが　ガラリヤの地

＊ガラリヤはキリスト教の聖地

神の石

たとえば　大きな丸石をひとつ　谷川でよく洗い
よいしょ　とかかえあげ
家の中に　運びこむ

布でよく拭《ふ》き
家の中の　しかるべき場所に
それを置き飾る

するとそこから
一千四百万年の　石の時間が流れはじめ
地質学　という喜び

自然《じねん》　という喜びが
水のように湧き出してきて
その石が　まぎれない　神の石となる

安心な土

団地の十三階に住もうと
海のほとりに住もうと
わたしたちは　土に属している
そのことを　忘れないように

土に片ひざをつくまでに　十年
両ひざをつくまでに　二十年
ついやしたけれど
むだではなかった

土は　安心のみなもと
土こそは　人類のみなもと

団地の十三階に住もうと
海のほとりに住もうと
わたくしたちは　土に属している
そのことを　忘れないように

伯耆大山《ほうきだいせん》

鳥取県の大山《だいせん》にお参りに行った
その山は大神岳《おおかみのたけ》とも呼ばれ
伯耆《ほうき》富士とも呼ばれて

古来　山陰山岳信仰の一大中心地だった
ぼくがお参りしたのは　その
大神山《おおかみやま》神社奥宮だったが

長くつづく石段の　ひとつのつけ根に
タイセンキスミレが　群生しているのを見た
むろん秋の今　花はなかった

けれども　その株は

千キロを距てて　ぼくが尋ねた
伯耆大山の神の　その実体にほかならなかった
伯耆大山黄スミレの神に
ぼくは
心の中で　激しく拍手《かしわで》を拍《う》った

童《どう》翁《おう》心《しん》

童心《おさなごころ》　というものがある
それはたとえば
ひとつの椿《つばき》の花を見て
その美しさに　呆《ほう》けてしまう心である

また
翁心《おきなごころ》　というものがある
同じく　美しいひとつの椿に　深々と
呆けてしまう心である

わたしたち大人は
その中間にあって
椿を知らず

椿が神であることを忘れて　暮らしている

雨夜《あめよ》

森の中の　一月の　雨の夜でも
満月の夜は
ほのかに明かるい

山の形が見えるし
杉木立も黒々と　不思議な塔のようだ
夜の全体が
雨の音とともに　ほのかに歌っているし
満月を浴びているのだ

森の中の　一月の　雨の夜でも
その　千古の法《ダルマ》を浴びて
人類というものが　恢復《かいふく》してゆくのだ

白木蓮

白木蓮が咲けば
わたくしも　咲く
このふしぎ

このふしぎを
あじわうためにこそ
わたくしは　この世に生まれてきたのだ

二月の　こよなく青い空に
白木蓮が咲けば
たしかに
たしかに　わたくしも　咲いている

属する

私達人間は
水に属している　生きものである
土に属している　生きものである

サネン花に
カブト虫の幼虫に
アカショウビンの啼声に
属している　生きものである

そのことを
いつから　忘れてしまったのだろうか

蟻一匹

森羅万象が
真実であるということは
蟻一匹が
真実であるということである

たまには　人間の殻《から》をふり棄て
蟻一匹となって
おごそかに　静かに
この無限の野山を　歩いてみようではないか

ヒナギキョウ

ヒナギキョウの　小さな青い花が
海を映《うつ》して
砂丘いちめんに　咲いている

よく見れば
私達の人生も
そのように小さく　そのように　美しく　すでに
咲いているのだ

風にまかせ　海にまかせ
努力することにまかせて　ひっそりと
咲いているのだ

単純な幸福

星空がある　ということが
単純な幸福である

星空がある　ということは
精神の究極が　あるということである

ここに在る精神の究極と
星空とは　別のものではない

美しくしたたる星空
それは　美しくしたたる　ここに在る精神であり
単純な幸福である

真事《まこと》

小学一年生のすみれちゃんが　ある時
「目の上にあるものは、まぶた　まつげ
まゆげって　どうしてみんなまがつくの」
と　たづねてきた
ぼくは考えた
そういえば　目の近くにあるものは　まぢかで
まのあたりで……
アッ　わかった

目というのは　本当は　目《ま》だったんだ
その目《ま》から　真《ま》という文字ができ
真事《まこと》　という言葉も生まれた
真事の目を　すみれちゃんも

視覚障害者も　だから　持っているのだ

場所

街中の　とある道すじに
自分の喫茶店を　見つけておくように

海辺の　とある岩の上に
自分の場所を　見つける

森の中の　とある木陰に
自分の　場所を見つける

またこの世の　千差万別の仕事場の中で
自分の仕事という　場所を持つ

自分である場所

場　を持つ人は　神を持つ人である

風呂焚き

二日に一度　夕暮れ時には
風呂を焚く
二日に一度　夕暮れ時には
神の火を　焚く
二日に一度　夕暮れ時には
人間の火を　焚く
一千年　一万年変わらず
夕暮れ時には
心をこめて

その一日の　人間の火を焚く

ツワブキの花

立冬の　野の道に　咲きそろった
ツワブキの　黄の花は
わたしの　幸福の断片であり
人生の　意味です
立冬の　野の道に　咲きそろった
ツワブキの　黄の花のうちにこそ
銀河系はあり
人生の　意味はあります
いちめんの　ツワブキの花

いちめんの　銀河系
わたくしは　それであり
その幸福の　断片です

星

星を見て　つつしむ
星を浴びて　いのちを甦らせる
星を定めて　死の時を待つ

星を見て　はなやぐ
星を浴びて　法《ダルマ》を浴びる
星を定めて　天にまじわる

星を見て　究極する
星を浴びて　地に還る
星を定めて　星に還る

心

心　が濃くなると
魂　になる
魂　が濃くなると
霊　になる
霊　が深まると
神　になる
神　が展《ひら》けると
仏　になる
仏とは　いのち

いのち　が濃くなると
心　になる

小《くう》さ　愛《かな》さ

ここに在る
コデマリの花という永劫に
帰命《きみよう》する

小《くう》さ　愛《かな》さ（沖縄のことわざ）に
帰命する

小《くう》さ　愛《かな》さ　こそは
わたくし達の本質
わたくし達という　いのちの本質

ここに在る
コデマリの花　という永劫に

帰命する

親和力

ミヤマカラスアゲハは　アザミの花が好きだ
アザミの花は　ミヤマカラスアゲハが好きだ

黒いミヤマカラスアゲハが　紅《あか》いアザミの花にとまって
その蜜を摂《と》っている姿は
それゆえ
この世のものとも　思えないほどに　美しい

ぼく達がアザミの花で　あれば
ミヤマカラスアゲハは　必ずやってくるし
ぼく達が　ミヤマカラスアゲハであれば
アザミの花は　必ずそこに咲いている

世界と　ぼく達の人生との　この必然の関係を
親和力――選ばされた血脈性――と呼ぶ

石のはなし

森で拾った小さな石を
ともだちへ　差しあげる

この石は　巨斑晶正長石《きょはんしょうせいちょうせき》といい
花崗岩の中に含まれている結晶です
この石の年齢は
少なくとも　千四百万年はあります
ですから時々　それを手のひらで握り
千四百万年という永い時間の感触を
ご自分で　たしかに実感されてください

ここらの森には（日本の森には）
そんな　宝石以上の値うちのある石が

無数に散らばっているのです

六つの知慧

布施　持戒　忍辱《にんにく》　精進　禅定《ぜんじょう》　知慧

布施とは　人の役に立つこと
持戒とは　自分の心の奥の声に　従うこと
忍辱《にんにく》とは　待つこと　耐えること
精進とは　ずっと夢を持ちつづけること
禅定《ぜんじょう》とは　しずかな心
知慧とは　物にも心にも　実体はないと知ること

布施　持戒　忍辱　精進　禅定　知慧

六つの知慧を　わたしたちは
一生をかけて　生きてゆけば　よいのだ

墓参り

墓への山道を　ゆっくりと登る
山の墓への草道を
鎌で草刈りながら　ゆっくりと登る

人《ちゅ》や　貴方《いやー》映す鏡ごぅ　やんごー
（人はあなたを映す鏡なのだよ）
——沖縄のことば——

人だけではない
山も　草道も　その奥の墓地も
わたし自身が映し出された　鏡
世界は　鏡

墓への山道を　ゆっくりと登る
山の墓への草道を
鎌で草刈りながら　ゆっくりと登る

秋の青い朝

秋の青い朝
谷川にくだって　顔を洗う

天から　染《し》みとおり
川から　たちのぼる
青　という神の色に浸《ひた》されて

おのずから染《そ》まり
おのずから
青　という神の色になる
青い秋の朝
谷川にくだって　ざぶざぶと顔を洗う

冬至節

自己の内なる自然性としての　カミを
自分の内に樹《た》てていく

ヤクシソウの　黄色の花むら
永遠の海に映《は》え
ヤクシソウの　黄色の花むら
久遠の海に映え

人間の自然性としての　神奥性《しんおう》を
自分の内に　樹てていく

お正月

新しく　巡りきた　天地のただなかで
正座をして
背骨を　すっと立てて

おめでとうございます

と
心から祝う　こころの中に
お正月様という　神は宿る

みんなで見　味わうことさえできる
お正月様という
神があることを

忘れてはならない　忘れまい

真冬

ぼく達の島では
ムラサキカタバミの花が　一年中咲いている
真冬でも　咲いている

濃い桜色の
まことに可憐な　美しい花である

吹き荒ぶ霙《みぞれ》まじりの　北西風になぶられながら
その花が

そんなことは当然とばかりに
美しく咲きつづけているのを　見ていると

人間の心にも
一年中　真冬でも　変わらぬ桜色のものが
咲いていることを　知る
大地には
そのような　心があることを　知る

白木蓮の春

無数の白木蓮の花が
青空に向けて　咲いている

この悪い時代にあって
子供たちの　いのちよ
白木蓮の花のように　寒気に耐え

青空の奥へ向けて
それぞれに　ぽっかりと
ひとりずつ　美しく　咲け
それぞれに
美しく　自分自身を
咲いてください

子供たちよ
子供たちの　いのちよ
この悪い時代に　あって

春の雨

森羅万象としての
世界の内に

わたくし達は　生きているのであるが
その森羅万象は
唯一仏心印《ゆいつぶつしんいん》　であると

ただ一つの　仏心の印《わか》しであると
道元禅師はいわれた

深くそのとおりである
ひたひたと降りそそぐ　この春の雨

ひたひたと　森羅万象に降りそそぐ
この春の雨は

三十五億年の　生命の意志を
慈《いつく》しんできた
唯一仏心印　にほかならない

ふるさと

三歳児の心の底には
すでに　ふるさとがある
十歳の胸の底には　もうはっきりと
ふるさと　という言葉がある

十五歳のいのちの底では
ふるさとが　光りはじめている
三十歳の心の底では
ふるさとが　死んでいく

六十歳の胸の底に
ふるさとが　力強く甦える
八十歳のいのちの底に

ふたたび　なつかしいふるさとがある
ふるさという　不可思議光
不可思議光という　ふるさと

海へむけて

海へむけて
般若心経を　称《とな》える

般若心経とは
わたくし達には　実体がなく
わたくし達とは　海であり
その波の音であり
その永劫であるという
喜ばしい知慧のこと　である

海へむけて
海よりも青い　ヒナギキョウの花咲く砂丘に座り
その知慧のことばを　ゆっくりと唱《とな》える

土に合掌

ただひとりの時に
土に合掌してみる

土よ　ありがとう
大地よ　ありがとうと　合掌してみる

そういうことをするのは
少々　はずかしいけれど

誰もいないところで
土に合掌すると

ただそれだけのことで

土が神であり　仏様であることがよく分かる
ただひとりの時に
土に　心から合掌してみる

IV
祈り

土の道

土の道を　歩いてみなさい
そこには　ごっしりと深い　安心があります

畑の中の道でも
田んぼの中の道でも
森の道でも
海辺の道でも

土の道を　歩いてみなさい
そこには　いのちを甦《よみが》えらせる　安心があります

畑の中の道でも
野原の道でも

島の道でも
アジア　アフリカの道でも
土の道を　じっくりと　歩いてみなさい
そこには　いのちが還る　大安心があります

白露節《はくろ》

秋日晴天にして
涼風わたり　陽はしみこむ

わたくし達は　個人ではなく
深く　この秋天と
大地に属しているものである

むろん　わたくし達は個人であり
ごこまでも　個を尋《たず》ねていくものであるが

秋日晴天にして
涼風わたり　陽はしみこむ

わたくし達は　個人ではなく
この深い青空と　大地に属し
祖先と子孫に　属しているもの達である

この世界という善光寺

善光寺様
善光寺様
この世界という　善光寺様

秋の陽あふれ
アキノノゲシ　ヤンバルヒゴタイ
ヒキオコシ　ススキ　カルカヤ　ゲンノショウコ

讃《たた》えても　讃えても
讃えつくすことは及ばず
涙　あふれる

大いなる

この世界という　善光寺様
この大地という　善光寺様

秋の陽あふれ
アキノノゲシ　ヤンバルヒゴタイ
ヒキオコシ　ススキ　カルカヤ　ゲンノショウコ

無印良品

わたし達人間は
百の草のようなものである

無印良品の　それぞれの草
ひそやかに伸び
ひそやかに花咲かせ
ひそやかに種子を結んで　枯れていく

だからといって
むろん苦労がないわけではない
そこに根をおろす　深い苦労が
それ　という草の形をつくる

わたし達人間は
百の草のようなものである
無印良品の　万の草のようなものである

大寒の夜

石油ストーヴの上では　ヤカンがチンチンと沸《わ》き
ぼくはコタツで　枇杷《びわ》の葉温灸《おんきゅう》を施されている

背中のツボから　お腹のツボ
首すじから頭のてっぺんまでのツボ
両脚《あし》の三里《さんり》から　足裏のツボまで　ゆっくりゆっくり

施し手は妻
素人《しろうと》ながら　わが最上の主治医

夫婦というものが　こんな有難いものになろうとは
これまでは　知らなかった　知らなかったぞ

石油ストーヴの上では　ヤカンがチンチンと沸き
ぼくはコタツで　よい匂いの
妻の枇杷の葉温灸を　施されている

わらって　わらって

わたくしたちの　いのちの
本当の底は　咲《わら》っているのではないでしょうか

それで　春になって
たくさんの花たちが　咲きはじめると
わたしたちも　われしらず　うれしくなってしまうのでは
ないでしょうか

春になって　土から湯気がたち昇りはじめると
その湯気が　咲《わら》っているように感じられて
体の底から　うれしくなってしまうのではないでしょうか

わたくしたちの　いのちの　本当の底は

咲《わら》っているのだと　ぼくは思います
だから　おお　遠慮なくぼくたちも

わらって　わらって
わらって　わらって

内は深い

鈴木大拙《だいせつ》（一八七〇〜一九六六）という仏法者が残された言葉に、

外は広い
内は深い

という、簡単至極なものがあるそうである。

和田重正先生の言葉もそうであるが、エライ方の残された言葉というのは、単純、素朴でありながら、心の深みへずしんと心地よく響きこんでくる。

鈴木大拙老師の、

外は広い

内は深い

などはその典型で、あたりまえのことを、あたりまえに言い切っただけであるのに、その言葉ひとつで、この生死荒波の人生や社会を、終わりまで乗り切っていけそうな気持になってくる。

まことに、外は広く、内は深いのである。

わけても、内は深い。

私達の「意識」という内は、外なる宇宙存在と全く同じく、広く深いのである。

だから、「意識」が微笑めば、宇宙も微笑み、「意識」が笑えば、宇宙も笑う。笑う門には福きたり、立春大吉、となるのである。

尊敬《リスペクト》

ウグイスへの尊敬《そんけい》
妻への尊敬
石への尊敬

風への尊敬
先達への尊敬
土への尊敬
先住民族への尊敬
水への尊敬
太陽への尊敬

自分の心の深奥《じんおう》への尊敬
すべてのいのちへの尊敬

月と星々への尊敬
場所への尊敬
親と祖先への尊敬
子供への尊敬
尊敬《リスペクト》のある未来社会が　今
足もとの土から始まっています

ウグイスの啼声から

なぜか今年の春は、しきりにウグイスが啼く。

一月の半ばから啼きはじめて、二月、三月と次第にその頻《ひん》度《ど》が高くなり、春の彼岸に入った今は、里じゅうで朝から晩までウグイスが啼きしきっている。

大都市ならともかく、島暮らしの身には、ウグイスなどはさして珍しい鳥ではないが、数年ぶりにまるでわが世の春が訪れたが如くに大繁栄しているその声を聞いていると、おのずからその一族への尊敬心がわき出してきて、いのちというものは、こんなにも軽やかで賑やかで、全山に充ち充ちているものであったことを、思いしらされる。

ホーホケキョウ、ホーホケキョウ、と素朴きわまりない啼声であるが、そんな素朴な歌を、全山で日がな一日精一杯に歌いつづけているウグイス達のいのちを、「尊い」と感じるのは、ぼくが病という場に身を置いて気が弱っているからだろうか。

それとも逆に、病んでいるからこそ、この世界に充ちている「尊いもの」の姿や振動が、よく見え、感じられてくるのだろうか。

足の裏踏み

閑《かん》ちゃんは　二年だから
父さんの　足の裏踏み　五十回
一、二、三、四……五十回　有難う

すみれちゃんは　四年だから
足の裏踏み　七十回
一、二、三、四……七十回　有難う

海彦は六年だから
足の裏踏み　百回
一、二、三、四……百回　有難う

病気になって父さんは　このごろ思うのだが

結局人生は　この有難うということを
心から言うためにこそ　あったのだ
有難う
ありがとう　子供たち

窓

夜来の大雨があがって、お天気は午前中をかけて少しずつ回復し、午後になると、窓いっぱいにすっかり青空が広がってきた。

布団に横になったまま、その青空を眺めていると、白雲のきれはしが東から西へ、次から次へと流れてきては消えていく。

時には大きな灰色雲のかたまりがやってきて、すっかり青空を濁してしまうが、しばらくするとそのかたまりは跡形もなく去って、また窓いっぱいに青空が広がり、輝いてくれる。

白雲のきれはしが、まるで楽しい出来事のように、流れてきては去っていく。

窓をいくこの風景は、何かとても大切なことを示していると感じられて、よく考えてみたら、そこに広がる青空というのは、ぼく達のいのちそのものなのであり、流れゆく白雲のきれはしは、そこから湧き出す様ざまなぼく達の思いの形なのだった。

いのちは、青空。

思いは白雲。

病床のおかげで、そんな単純なことを味わっています。

風

五月の風が　耳元で
やさしく語る

ぼくはね
かつて生まれたこともない存在だから
死ぬこともない

ただ　今を　吹いているだけ
どこからか　吹いてきて
どこかへ　吹いていく

不生《ふしょう》という　むつかしい事柄が　ぼくの本性
不滅という　あり得ない事柄が　ぼくの本性

そよそよと　さやさやと
そよそよと　さやさやと

五月の風が　耳元で
やさしく語る　その一瞬　一瞬の
とろけるような　幸せです

散髪

布団の中で、痛みに耐えて、くの字型に寝ていることが多くなったが、そんなことばかりではじり貧だと、お天気のよいある日に、家の外に木椅子を持ち出して、そこで妻に散髪をしてもらうことになった。

家の外には五月の陽が降りそそぎ、五月の風がさわやかに吹いていて、気のせいか、痛みさえなくなったようですらある。

「スティーヴ・マックィーンのようにね」

昔のアメリカ人俳優の名を告げて、いつものようにチョキチョキと快適な妻のハサミの音がすすみ、髪の毛が短くなるにつれて、頭の皮膚にも風がしみこんでくるようになる。

これまでに、何十回、何百回となく繰り返してきた妻の手になる散髪であるが、もしかするとこれが最後かと思うと、有難さはひとしおで、耳元のチョキンチョキンというハサミの音が、澄んだ至福の音楽のようですらある。

谷川の流れが、その背後で、永遠というもうひとつの音を響かせてはいるが、そのほとりで人間のカップルのぼく達は、すべてのことを了解し合った上で、カニの床屋さんごっこをやっているのである。

爪きり ——闘病

梅雨に入って　空はまっくら
時々おびただしく　神鳴りも鳴って
いくさきが　見えない

仕方なく
妻に爪をきってもらうのだが
それが　ぷっちん　ぱっちん　まことにうれしい音がして
不意に涙がこぼれてしまった

こんないい音がしたんじゃあ
死ねなくなっちゃうよ

ごんごんそうなってもらわなくちゃ

力を抜いて　いい気持になってねー

こっちはその反対で　いつ死んでもいい覚悟ってのを
やってるだんだけどなあ

そんな覚悟は十年先で充分
ぷっちん　ぱっちん
ぷっちん　ぱっちん

ターミナルケア

これからのターミナルケアは、家で死ぬ、ということが段々とまた中心に戻ってくると思う。

少なくともぼくはそう願っているし、家族、家庭というものの総合的な在り方というものも、そういう方向性が一番好もしい、と思ってもいる。

ただし、ここで大問題になるのは、誰がその病人の面倒を見るか、ということで、妻、ないし、夫ないし子供に一方的な負担がかかるのでは、この家庭内大往生という理想論も、社会的には机上の空論になりかねない。

しかしながら、三世代なり、四世代なりの家族が連なっていて、その上から順番に、実際に家族の中で家族が死んでいくという理想は、人類史というより大きな枠組の中でも、必ずやある種の形を留めて維持、継続されていくのでなくてはならないと思う。「くだかけ*」の果たすべき役割は、子供社会の再建から始まって、当然のことではあるが、親の死なせ方、自分の死に方の問題にまでかかわらずにはおられなくなったといわねばなるまい。

*くだかけ会——子どものしあわせを願い、その現状を改善しようと、おとなである親・教師が「よく生きる」ことをテーマに学び合う場として、一九七八年に和田重正氏の提唱によって発足。「くだかけ」はニワトリの古語。親ドリがヒヨコに心をくだく、心をかけるの意。

いってらっしゃーい

橙色の　のうぜんかずらの花のトンネルの下を
朝　子供達が学校に出かける

二年生の閑《かん》ちゃん　行ってらっしゃーい
行ってきまあーす
四年生のすみれちゃん　行ってらっしゃーい
行ってきまあーす
一人ずつ声を掛け　一人ずつ声を返してくれるうれしさ　有難さ
六年生の海彦　行ってらっしゃーい
行ってきまあーす

そんな風に　ぼくもこの世を去る時
行ってきまあーす　と　元気に声を出し

行ってらっしゃーい　と　見送られたいものだ
橙色の　のうぜんかずらの花の　トンネルの下を

生死《しょうじ》

生きていることと、死んでいくこととは、朝がくるのと夜がくるのと同じように、一枚の大きなブッダの掌《てのひら》の内の出来事なのだが、ぼく達無知の者どもには、死んでいくことや、夜が来ること（孤独な出来事）だけが、ブッダに関係する出来事、つまり仏教的な出来事であるかのような錯覚があります。

極楽は死後に行く場所であるという観念や、夜一人でしんしんと孤独になった時に、何となく宗教的な気分になったりすることに、そのことは象徴されていると思います。

物質と意識は等質のものであり、いずこかの究極において絶えず互換されているという事実は、いずれ証明されずにはおれないと思いますが、目下のところは直感として、私達が生きていることも死んでいくことも、ブッダの大いなる掌《てのひら》の内の出来事であると実感すると、私達の人生は奈良の大仏さんの庭で鹿にせんべいを食べさせているかのように、安心なものに変わります。鹿がばりばりとせんべいを食べて、日が暮れて、また夜が明けるだけなのです。

V

単行本未収録作品

菜の花

菜の花の上に
うっすらと青空がひろがり
暖かい風が吹いている

そこから
自分が治癒《ちゆ》されていくのを見る
世界が治癒されていくのを見る

この世界に必要なものは
原発ではないし
国家という枠組でもない

土ごとの菜の花の風景を

病んだ子供たちの部屋に
都市空間に送ってあげたい
届きますように

菜の花の上に
うっすらと青空がひろがり
ゆるやかな暖かい風が吹いている

春

春は
枯れたふりをしていた草や樹々が
いっせいに再生する　季節である
なかでも柿の木は
智慧深い老人から、少年へと生まれかわる
柿若葉

枯れていたもののひとつとして
私も甦る
私は　樹にはなれそうもない
草にならなれそうだ
いや　草になりたい
れんげ草

私達の風景から
れんげ畑が消えてもう久しいが
あれは　善いものであった
善いものは　川のように
永遠に善いものであるから
この春は　私はれんげ草に生まれかわろう

大地と火といのちのことば――詩人・山尾三省の遺言

若松英輔

本書には、山尾三省（一九三八～二〇〇一）の三つの詩集『新月』『三光鳥』『親和力』の全作品、そして山尾の晩年に書いた詩が収録されている。生前に七冊の詩集を世に送り出しているから、本書は詩人としての彼の生涯の中期から後期の主要な作品を集めたものだといってよい。没後、野草社から詩集『祈り』が遺著として編まれ、出版されている。

この本に収められた詩の多くは、一心寮を主宰した和田重正が刊行に深くかかわった機関誌『くだかけ』に掲載された。和田との出会いは山尾に大きな影響を与えた。一心寮（および後のくだかけ寮）には、現代社会に耐えがたい矛盾を感じた青年や子どもたちが集まってきた。現代ではそうした鋭敏な「いのち」を不登校児と呼んで終わりにしている。あるとき和田は、子どもたちにむかってこう語った。

私がいつも話すことは、二十年も三十年も苦心したあげく、これで間違いなしと確信を得たことばかりですが、みんなのようにきれいな心で聞いてくれればすぐにわかる、やさしいことが多いのです。今話すことも理屈をこねればむずかしいことですが、素直に聞けばうなずけることだと思います。（『葦かびの萌えいずるごとく』）

この一節にも、和田が教育をどのように考えていたかがはっきりと述べられている。彼は自分が二十年、三十年かからなければ分からなかったことを、子どもたちはすでに「知って」いることを疑わない。だが、子どもは、自分がすでに知っていることを知らない。大人はそこに光を当てるだけで、何かを与えるのでも、補うのでもない。むしろ、子どもと交わることで目覚めるべきは大人であることを、和田は熟知している。

現代社会で「教育」と呼ばれているものの実態が「学習」になっている現状をふまえて、和田は真の意味での「教育」の場を取り戻そうとした。そこでは人間が集う場が、真の教師になる。そこには人生と呼ぶほかない、不可視な教師が姿を顕わす。和田は、生きることそのもの、「いのち」とは何かを考える「人生科」を提唱したこともあった。

「いのち」は、山尾の詩を読み解くときの重要な鍵語になる。たとえば、「畑から」と題する作品で「いのち」は、語らざる「奇蹟」として描かれている。

畑から
インゲン豆がくる
淡い緑色の
賢者の心の芯のような　インゲンがくる

畑からいのちたちが　くる
土の深さから
明るい光から
いのちといのちの　物いわぬ　奇蹟がくる

人間の肉体の奥に「いのち」が宿っているように、植物にも「いのち」がある。むしろ植物の生育とは、根や葉、茎、花の姿をまとった「いのち」の顕現であると山尾は考えている。

ある人はそれをアミニズムだというかもしれない。

アミニズムは、十九世紀になって提唱された思想だが、山尾の実感は、もっと彼の生活に密着したものだ。彼の自然観はアミニズムという概念から大きくあふれでる、持続する「いのち」の出来事にほかならない。

「自由」は、山尾の詩にときおり現れる言葉だが、彼が求めた「自由」は、あらゆる思想（イデオロギー）の言説から離れたところに開かれる、ひとつの宇宙（コスモロジー）だった。山尾の詩を味わうのはむずかしくない。そのために必要なことは、彼をあらゆる思想と結びつけないことだ。そして、あらゆる主義から自由であろうとした彼の闘いのあとを直視すれば足りる。

すでに没後十八年が経過しようとしている今、この本で山尾の存在をはじめて知る人もいるかもしれない。筆者の私的な経験を交えて、彼を紹介するところから始めてみたい。

山尾三省の名をはじめて見たのは、今から二十年ほど前、二十代の終わり頃だった。まだ、山尾が生きていたころのことである。筆者は当時、東京・西荻窪にくらしていて、その由来も知らずに「ほびっと村」と呼ばれる、小さなビルの一階にある自然食品店長本兄弟商店で買い物をし、その三階にある書店ナワ・プラサードに足しげく通っていた。そこで山尾の本を見たのが、彼の名前にふれた最初だった。

ナワ・プラサードは、一九六〇年代から七〇年代にかけて、アメリカからはじまって世界へと広がっていったカウンター・カルチャーの文化を伝える拠点だった。今もその役割は続いている。

拠点といっても、大きな場所があるわけではない、むしろ面積は小さい。だが、そこに並べられている本の一冊一冊が、店主の厳しい選びを経たものだった。それはあえて語らずとも来店する客に伝わってくる。

カウンター・カルチャーは、「対抗文化」とも訳されることがある。この潮流を短い言葉で要約することはできないが、既成の常識に対する文字通りの対抗であり、東西、あるいは南北に分離した文化を再統合しようとする動きでもあった。山尾の経歴を見ると「六七年、『部族』と称する対抗文化コミューン運動を起こす」と記されている。山尾は、日本におけるカウンター・カルチャーの中心的な存在だった。

衣食住はもちろん、医療、芸術、心理学、宗教、福祉、農業、デザインなどの分野にも甚大な影響を与えた。ボブ・ディランがノーベル賞を受賞し、ゲーリー・スナイダーはアメリカを代表する詩人になったが、二人もこの文化のなかで育っていった。カウンター・カルチャーから生まれた文化は、現代文化の核の一角を担っている。機械化された社会に抗う、今日の新しい常識を提唱したのも、この文化の担い手たちだった。

農薬をはじめとした化学物質の危険性を察知し、警鐘を鳴らし、有機農業を啓蒙し、薬草療法、アロマセラピー、カイロプラクティックなどのこうした「代替医療」もカウンター・カルチャーの運動がなければ生じることはなかった。今、著しい広がりを見せている「マインドフルネス」を、概念としてでなく日常生活において、生き、実践したのもカウンター・カルチャーの第一世代の人々だった。トランス・パーソナル心理学はもちろん、アメリカで鈴木大拙、鈴木俊隆といった人物の禅の思想と実践を受けいれたのも彼らである。蛍光色は、さまざまなところで目にする。こうした色彩は今、あまりに普通なものになり、カウンター・カルチャーから生まれたものであることも、すでに忘れられている。

だが、国境を超えてつながるという「インターネット」という思想こそ、カウンター・カルチャーが生んだもっとも巨大な遺産かもしれない。この精神運動は、国家や権威によって造られた文化ではなく、市井の人々の内発的現象だった。

もちろん、その分、統御を欠き、行き過ぎた点が少なくなかったのも事実である。ある種のカウンター・カルチャーには「いかがわしさ」が伴う場合があったことも否定できない。だが、それゆえにこの運動の意味を見失うのはあまりに損失が大きい。

カウンター・カルチャー時代の山尾の言説と哲学は、『聖老人——百姓・詩人・信仰者として』に詳しい。この本は初版が一九八一年、ナワ・プラサード書店の前身、プラサード書店から世に送られた。現在は、一九八八年に野草社から刊行されたものが版を重ねている。姿を変えた山尾の自伝のような本でもある。

先に「ほびっと村」にふれたとき、その由来も知らず、と述べたのは、当時はまだ、山尾が、その重要な創設メンバーの一人だったことを知らなかったからである。とはいえ、ナワ・プラサードのなかで山尾の本は多く並べられていて、彼の本を読んだことのない者にも、この書店が彼を大切にしていることは理解できた。

書名やその著者を見聞きしても、本当の意味で出会ったことにはならない。声を交わしても対話にならなければ深い交わりが起こらないのに似て、当時は、毎週のように山尾の名前を見ながら彼の著作を繙くことはなかった。むしろ、ある種の違和感を覚えていたのである。それは「コミューン（共同体）」というあり方に対する強い抵抗でもあった。

コミューンを否定することはできない。それは今日の非営利団体のさきがけでもある。ただ、それはカルト的なものの温床にもなる、諸刃の剣だ。

はじめて山尾の言葉にふれたのは、昨年刊行された詩文集『火を焚きなさい』だった。躊躇しつつも、造本の妙に惹きつけられて、数行の言葉を読んだ。それだけでも、数年来の偏見を吹き飛ばすのに十分なちからがあった。

以来、書物を媒介にした山尾との「対話」が始まった。散文をすべて読むことはできていないが、入手可能な山尾の詩はすべて読んだと思う。そこには、私が感じていたコミューンへの偏見を助長するような表現はまったくなかった。むしろ、著述家となった山尾は、いたずらにコミューンを作ることを否む。

コミューンは、造るのではなく、生まれるものでなくてはならない。そのもっとも原初的なものこそ家族にほかならないことに山尾は気がつく。

一九七三年からインド・ネパールの放浪の旅に出、七六年にほびっと村の運動に参加、七七年には家族と屋久島に移り住み、自給自足に近い生活を始め、二〇〇一年に病に斃れるまでその地を拠点にした。今、屋久島には彼の足跡を伝える「記念館」がある。記念館といっても仰々しいものではない。「愚角庵」という彼の書斎小屋を生前そのままに残し、その足跡を伝えるものだ。

本書に収められた詩は、すべて、家族とともにある個として、彼が新しい人生に踏み出してから記されたものだ。もっとも古いもので一九八八年、最後の作品は、最晩年、迫りくる死を身近に感じながら記されたものになる。「いってらっしゃーい」と題する作品には次のような一節がある。

六年生の海彦　行ってらっしゃーい
行ってきまあーす

そんな風に　ぼくもこの世を去る時
行ってきまあーす　と　元気に声を出し
行ってらっしゃーい　と　見送られたいものだ
橙色の　のうぜんかずらの花の　トンネルの下を

何気ない言葉のようにも映るが、ここには山尾の生命観、彼がいう「いのち」の公理が描かれている。もし、死が存在の消滅を意味するのであれば、人間は、決して死なない。死はもう一つの世界への旅立ちにほかならない。そして、生ける死者となり、愛する者のところへ帰ってくる。

詩は、自らのおもいを表現するためだけに書くのではない。むしろ、詩の使命は、言葉たり得ないものを、言葉のちからを借りて現成させようとする営みにほかならない。

ここで作者は、自らが死にゆくときも、子どもが学校に行く朝のように「行ってきまあーす」、そういって出かけていきたいと書いているだけだ。だが、「行ってらっしゃーい」という言葉には、無事で戻ってきてほしい、あなたは私にとってかけがえのない存在なのだから、あなたは、自分のいのちにかえても惜しくない存在なのだから、という祈りが込められている。

もちろん、「行ってきまあーす」という応答にも、今、自分がここにあることが幸せでなければ、いったい何を幸せと呼ぶことができようか、という声ならぬ声が潜んでいる。そして、そこには必ず元気で帰ってきます、という誓いにも似たおもいがある。

先にふれた山尾の最初の単著『聖老人』の副題には「百姓・詩人・信仰者として」という文字があった。このことばほど的確に山尾の実像を示す言葉はないかもしれない。求道者という表現を用いることもできそうだが、この言葉が含意する意味をそのまま山尾につなげるには、彼はあまりにも家族を愛していた。むしろ、彼にとって家族こそが大地であり、宇宙への扉だった。

先の詩にも信仰者としての彼の境涯が描かれているが、本書『五月の風』を開くと、「南無浄瑠璃光」「南無不可思議光」という表現もあり、彼が仏道に強い親しみを感じているのが分かる。ただ、山尾が人生の燈火にしたのは、世にいう「仏教」ではない。彼が生きた仏への道だった。

世にいう詩人だけが詩を書くのではない。詩を書いた人が詩人なのであり、さらにいえば、詩を書いているときこそが詩人なのである。詩は、私たちを訪れる詩神への応答にほかならない。

私という自我が消えて、世界とひとつに溶け合った時には、世界は私の外に存在する対象物であることを止めて、より深い私自身であったり、より喜びを秘めた私であったり、より静謐《せいひつ》な私である性質そのものになります。

私の詩はすべて、誰もが日常生活の中で体験しているそのような時を逃がさないように記録したものといえるでしょう。

詩を書くのに特別な経験は必要ない。重要なのは日常に深く生きることだと山尾はいう。優れた詩は、読み手を詩の世界へと誘う。詩を読むだけでなく、書き、自らの内なる詩人を見つけだせ、と強く促すのである。

山尾にとって詩は、「いのち」の今と「いのち」の意味を見出す道程にほかならなかった。死しても朽ちることのない「いのち」をわが身に引き受ける、不可避な道行きだったのである。

わかまつ・えいすけ　詩人・批評家。一九六八年生まれ。著書に『詩集　燃える水滴』『常世の花　石牟礼道子』（以上、亜紀書房）、『悲しみの秘義』（ナナロク社）など多数。

所収一覧

序にかえて　『三光鳥——暮らすことの讃歌』（くだかけ社、一九九六年）の「あとがき」より抜粋。タイトルは編集部による

いのちの世界　和田重正　『新月——山尾三省第三詩集』（くだかけ社、一九九一年）

Ⅰ　新月

いろりを焚いて　『くだかけ』（一九八八年五月号）
山桜　『くだかけ』（一九八八年六月号）
あぶらぎりの花が咲いて　『くだかけ』（一九八八年七月号）
夕方（一）　『くだかけ』（一九八八年八月号）
畑から　『くだかけ』（一九八八年九月号）
旧盆会　『くだかけ』（一九八八年十月号）
栗の実　『くだかけ』（一九八八年十一月号）
台所で　『くだかけ』（一九八八年十二月号）
夕方（二）　『くだかけ』（一九八九年一月号）
漢字　『くだかけ』（一九八九年二月号）
新月　『くだかけ』（一九八九年三月号）
藪啼きうぐいす（原題うぐいす）　『くだかけ』（一九八九年四月号）
畑で　『くだかけ』（一九八九年五月号）
高校入学式　『くだかけ』（一九八九年六月号）
海　『くだかけ』（一九八九年七月号）
朴の花　『くだかけ』（一九八九年八月号）
花二題　『くだかけ』（一九八九年九月号）
山　人を見る　『くだかけ』（一九八九年十月号）
小雨の中で　『くだかけ』（一九八九年十一月号）
黄金色の陽射しの中を　『くだかけ』（一九八九年十二月号）
帰ってくる　『くだかけ』（一九九〇年一月号）
シーカンサ　『くだかけ』（一九九〇年二月号）
いろり焚き　『くだかけ』（一九九〇年三月号）
梅月夜　『くだかけ』（一九九〇年四月号）
海から来るもの　『くだかけ』（一九九〇年五月号）
すみれ草　『くだかけ』（一九九〇年六月号）
夜明け前　『くだかけ』（一九九〇年七月号）
スモモと雲　『くだかけ』（一九九〇年八月号）
海沿いの道で　『くだかけ』（一九九〇年九月号）
夏の海　『くだかけ』（一九九〇年十月号）
カボチャ花　『くだかけ』（一九九〇年十一月号）
台風　『くだかけ』（一九九〇年十二月号）

洗濯物（原題　夕方）　『くだかけ』（一九九一年一月号）
カッコウアザミ　『くだかけ』（一九九一年二月号）
センリョウ　マンリョウ　『くだかけ』（一九九一年三月号）
悲しい替え歌　『くだかけ』（一九九一年四月号）
青い花　『くだかけ』（一九九一年六月号）
四月六日　日記・詩・感想ノート
高菜漬け　日記・詩・感想ノート
祈り　日記・詩・感想ノート
以上、『新月——山尾三省第三詩集』（くだかけ社、一九九一年）

Ⅱ　三光鳥

アザミ道　『くだかけ』（一九九一年七月号）
雨の歌　『くだかけ』（一九九一年八月号）
アオスジアゲハ　『くだかけ』（一九九一年九月号）
山に住んでいると　『くだかけ』（一九九一年十月号）
台風のあとで　『くだかけ』（一九九一年十一月号）
石　『くだかけ』（一九九一年十二月号）
野菜畑　『くだかけ』（一九九二年一月号）
樹になる　『くだかけ』（一九九二年二・三月合併号）
肥やし汲み　『くだかけ』（一九九二年四月号）
じゃがいも畑で　『くだかけ』（一九九二年七・八月合併号）
海如来（原題　浜辺で）　『くだかけ』（一九九二年九月号）
三光鳥　『くだかけ』（一九九二年十月号）
白むくげ　『くだかけ』（一九九二年十一月号）
冬至（原題　冬至の日）　『くだかけ』（一九九二年十二月号）
大きな石　『くだかけ』（一九九三年一月号）
帰命（原題　帰命（一））　『くだかけ』（一九九三年二・三月合併号）
山　『くだかけ』（一九九三年四月号）
青草の中のお弁当　『くだかけ』（一九九三年五月号）
カメノテ採り（原題　カメの手採り）　『くだかけ』（一九九三年六月号）
風の過ごし方　『くだかけ』（一九九三年七・八月合併号）
のうぜんかづら　『くだかけ』（一九九三年九月号）
自分の樹　『くだかけ』（一九九三年十月号）
月夜　『くだかけ』（一九九三年十一月号）
童心浄土（原題　童）　『くだかけ』（一九九四年一月号）
灰　ということ　『くだかけ』（一九九四年二・三月合併号）
山呼び　『くだかけ』（一九九四年四月号）
白木蓮　『くだかけ』（一九九四年五月号）
お話　『くだかけ』（一九九四年六月号）
キャベツの時　『くだかけ』（一九九四年七・八月合併号）
まごころはどこに　『くだかけ』（一九九四年九月号）
深い星空　『くだかけ』（一九九四年十月号）

白露　『くだかけ』（一九九四年十一月号）
金木犀　『くだかけ』（一九九四年十二月号）
沈黙者　『くだかけ』（一九九五年一月号）
地蔵　その一（原題　地蔵）『くだかけ』（一九九五年二月号）
地蔵　その二　『くだかけ』（一九九五年四月号）
一日暮らし（原題　生活）『くだかけ』（一九九五年五月号）
切株　『くだかけ』（一九九五年六月号）
かぼちゃ花　『くだかけ』（一九九五年七・八月合併号）
七月の月　『向上』（一九九五年九月号）
洗濯物干し　『くだかけ』（一九九五年九月号）
十四夜　『くだかけ』（一九九五年十月号）
ゆっくり歩く　『くだかけ』（一九九五年十一月号）
以上、『三光鳥――暮らすことの讃歌』（くだかけ社、一九九六年）

Ⅲ　親和力

雨あがり　『くだかけ』（一九九五年十二月号）
流木拾い　『くだかけ』（一九九六年一・二月合併号）
オリオン星　『くだかけ』（一九九六年四月号）
海とカラスノエンドウ　『くだかけ』（一九九六年五月号）
青葉　『くだかけ』（一九九六年六月号）
真昼　『くだかけ』（一九九六年七・八月合併号）
夏の朝　『くだかけ』（一九九六年九月号）
貝採り　『くだかけ』（一九九六年十月号）
白露節（原題　白露）『くだかけ』（一九九六年十一月合併号）
善光寺　『くだかけ』（一九九六年十二月号）
木洩れ陽（原題　こもれ陽）『くだかけ』（一九九七年一・二月合併号）
梅二輪　『くだかけ』（一九九七年三月号）
雨水節（原題　雨水）『くだかけ』（一九九七年四月号）
春　『くだかけ』（一九九七年五月号）
ふしぎがいっぱい　『くだかけ』（一九九七年六月号）
森歩き　『くだかけ』（一九九七年七・八月合併号）
テリハノブドウ　『くだかけ』（一九九七年九月号）
神の石　『くだかけ』（一九九七年十月号）
安心な土　『くだかけ』（一九九七年十一月号）
伯耆大山　『くだかけ』（一九九七年十二月号）
童翁心　『くだかけ』（一九九八年一・二月合併号）
雨夜　『くだかけ』（一九九八年三月号）
白木蓮　『くだかけ』（一九九八年四月号）
属する　『くだかけ』（一九九八年五月号）
蟻一匹　『くだかけ』（一九九八年六月号）
ヒナギキョウ　『くだかけ』（一九九八年七・八月合併号）
単純な幸福　『くだかけ』（一九九八年九月号）

真事（原題　真実）『くだかけ』（一九九八年十月号）
場所『くだかけ』（一九九八年十一月号）
風呂焚き『くだかけ』（一九九八年十二月号）
ツワブキの花『くだかけ』（一九九九年一・二月合併号）
星『くだかけ』（一九九九年三月号）
心『くだかけ』（一九九九年四月号）
小さ　愛さ『くだかけ』（一九九九年五月号）
親和力『くだかけ』（一九九九年六月号）
石のはなし『くだかけ』（一九九九年七月号）
六つの知慧『くだかけ』（一九九九年八・九月合併号）
墓参り『くだかけ』（一九九九年十月号）
秋の青い空『くだかけ』（一九九九年十一月号）
冬至節『くだかけ』（一九九九年十二月号）
お正月『くだかけ』（二〇〇〇年一・二月合併号）
真冬『くだかけ』（二〇〇〇年三月号）
白木蓮の春『くだかけ』（二〇〇〇年四月号）
春の雨（原題　唯一仏心印）『くだかけ』（二〇〇〇年五月号）
ふるさと『くだかけ』（二〇〇〇年六月号）
海へむけて『くだかけ』（二〇〇〇年七月号）
土に合掌『くだかけ』（二〇〇〇年八月号）
以上、『親和力――暮らしの中で学ぶ真実』（くだかけ社、二〇〇〇年）

Ⅳ　祈り

土の道『くだかけ』（二〇〇〇年十月号）
白露節『くだかけ』（二〇〇〇年十一月号）
この世界という善光寺『くだかけ』（二〇〇〇年十二月号）
無印良品『くだかけ』（二〇〇一年一・二月合併号）
大寒の夜『くだかけ』（二〇〇一年三月号）
わらって　わらって［内は深い］『くだかけ』（二〇〇一年四月号）
尊敬［ウグイスの啼声から］『くだかけ』（二〇〇一年五月号）
足の裏踏み［窓］『くだかけ』（二〇〇一年六月号）
風［散髪］『くだかけ』（二〇〇一年七月号）
爪きり［ターミナルケア］『くだかけ』（二〇〇一年八・九月合併号）
いってらっしゃーい［生死］『くだかけ』（二〇〇一年十月号）
以上、『祈り』（野草社、二〇〇二年）

Ⅴ　単行本未収録作品

菜の花『くだかけ』（一九九二年五月号）
春『くだかけ』（一九九二年六月号）

大地と火といのちのことば　若松英輔　書き下ろし

謝辞

本書を刊行するにあたり、
多大なご協力を賜りました皆様に、
心よりお礼申し上げます。

山尾春美
手塚賢至
松本淳子
くだかけ社
葉っぱの坑夫
（敬称略）

山尾三省　やまお・さんせい

一九三八年、東京・神田に生まれる。早稲田大学文学部西洋哲学科中退。六七年、「部族」と称する対抗文化コミューン運動を起こす。七三〜七四年、インド・ネパールの聖地を一年間巡礼。七五年、東京・西荻窪のほびっと村の創立に参加し、無農薬野菜の販売を手がける。七七年、家族とともに屋久島の一湊白川山に移住し、耕し、詩作し、祈る暮らしを続ける。二〇〇一年八月二十八日、逝去。

著書『聖老人』『アニミズムという希望』『リグ・ヴェーダの智慧』『南の光のなかで』『原郷への道』『インド巡礼日記』『ネパール巡礼日記』『ここで暮らす楽しみ』『森羅万象の中へ』『狭い道』『野の道』（以上、野草社）、『法華経の森を歩く』『日月燈明如来の贈りもの』（以上、水書坊）、『ジョーがくれた石』『カミを詠んだ一茶の俳句』（以上、地湧社）ほか。

詩集『びろう葉帽子の下で』『祈り』『火を焚きなさい』（以上、野草社）、『新月』『三光鳥』『親和力』（以上、くだかけ社）、『森の家から』（草光舎）、『南無不可思議光仏』（オフィス21）ほか。

五月の風

山尾三省の詩のことば

2019年5月20日初版第一刷発行

著者

山尾三省

発行者

石垣雅設

発行所

野草社

〒113-0033

東京都文京区本郷2-5-12

TEL 03-3815-1701

FAX 03-3815-1422

〒437-0127

静岡県袋井市可睡の杜4-1

TEL 0538-48-7351

FAX 0538-48-7353

発売元

新泉社

〒113-0033

東京都文京区本郷2-5-12

TEL 03-3815-1662

FAX 03-3815-1422

印刷・製本

萩原印刷

ISBN978-4-7877-1982-9 C0092

五月の風

山尾三省の詩のことば

山尾三省

付録　朗読への招待

野草社

1998年6月から1999年11月まで、鹿児島県熊毛郡の旧・上屋久町（現・屋久島町）の町内放送「虹色通信かみやく」において、『山尾三省 詩の世界』という番組（担当 松本淳子。全18回）が制作されました。読者特典として、この番組から5回の放送をセレクトし、詩人・山尾三省による詩の朗読と自作解説の音源（ダウンロード専用）を紹介します。

1.	野菜畑	9'39"	1998年9月放送
2.	三光鳥	10'09"	1998年11月放送
3.	地蔵 その二	13'13"	1999年2月放送
4.	一日暮らし	10'50"	1999年3月放送
5.	キャベツの時	15'20"	1999年6月放送

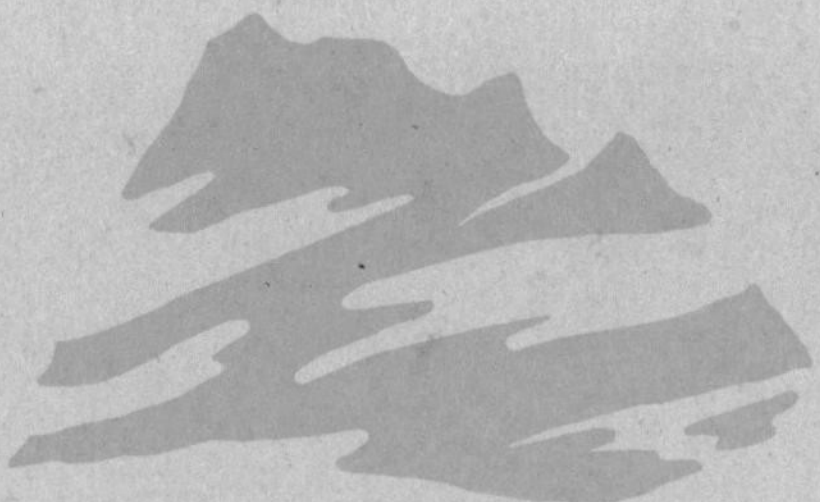

朗読音源のダウンロード方法

1. スマートフォンやパソコンなどを利用して、以下のURLもしくはQRコードより専用のウェブページ「五月の風 朗読への招待」にアクセスしてください。

2. 以下のユーザー名とパスワードを入力してください。

3. ウェブページの各音声ファイルのタイトルをクリックすると別ページで音声が再生されます。また音声ファイルをまとめてダウンロードすることもできます。ダウンロードしたZIPファイルを解凍(展開)するには専用のアプリケーションが必要です。また、音声ファイルの再生には音声再生ソフトウェア(Windows Media PlayerやiTunesなど)が必要です。

URL	https://www.shinsensha.com/gogatsu_rodoku
ユーザー名	gogatsunokaze
パスワード	y2nase9i0m1oaas

[注意]朗読音源のデータは、著作権法で保護されています。ご視聴は、ダウンロードしたご本人が私的にお使いいただく場合に限られます。本データやそれを加工した物を第三者に譲渡・販売することは禁止されています。

解説　山尾三省の詩の朗読のこと

山尾春美

私が初めて三省さんの詩の朗読を聴いたのは、三十数年前、東京の飯田橋近辺のどこか……。記憶は薄暗がりの中だが、あそこは当時の野草社の事務所だったのではないだろうかと思う。それから幾度も、機会がありさえすれば三省さんの朗読を聴きに行った。

あの頃、私は三省さんの詩の朗読とそのあとに続く話を、身を引き込まれるようにして聴いた。訥々と一語一語噛みしめるように発される言葉のひとつひとつが、胸にストンストンと落ちてきて、いつまでも聴いていたかった。時々、長い沈黙があり、それが奇妙に心地良かった。そしておもむろに三省さんが話し始めると、またその静かな声のトーンと内容にすっかり引き込まれてしまうのだった。

のちに三省さんと結婚することになり、屋久島に移住してから、私はその朗読を聴く機会がなかった。三省さんは詩の朗読会を開きたいと依頼があれば断ることはなく、一年に一度か二度、日程を組んで屋久島から出

かけていったが、屋久島で朗読会が開かれることはなかった。

一九九八年、上屋久町の町内放送が始まった時、担当の松本淳子さんが三省さんの詩の朗読を放送したいと言って訪ねてきた。一か月に一回、自主制作番組としての放送だった。詩集『新月』『三光鳥』の中から三省さんが詩を選び、松本さんが愚角庵(三省さんの書斎)に来て録音していった。三省さんも松本さんの新しい試みに応えたいと、その日を心待ちにしている様子だった。朗読のあとの島の人に向けての話も、聴きごたえがあった。私は久しぶりに三省さんの朗読を聴くことができて嬉しかった。

もうずいぶん昔のことになってしまった。さまざまな人との出会いの中で遺された三省さんの詩の朗読の録音が、流れる時間にふるい落とされずに、今回新たな縁を得て多くの人に聴いてもらえることになったのは本当に嬉しい。何もかもがごんごん遠ざかっていくようなのに、逆にぐんぐん近づいてきているような気もする。不思議なことだ。

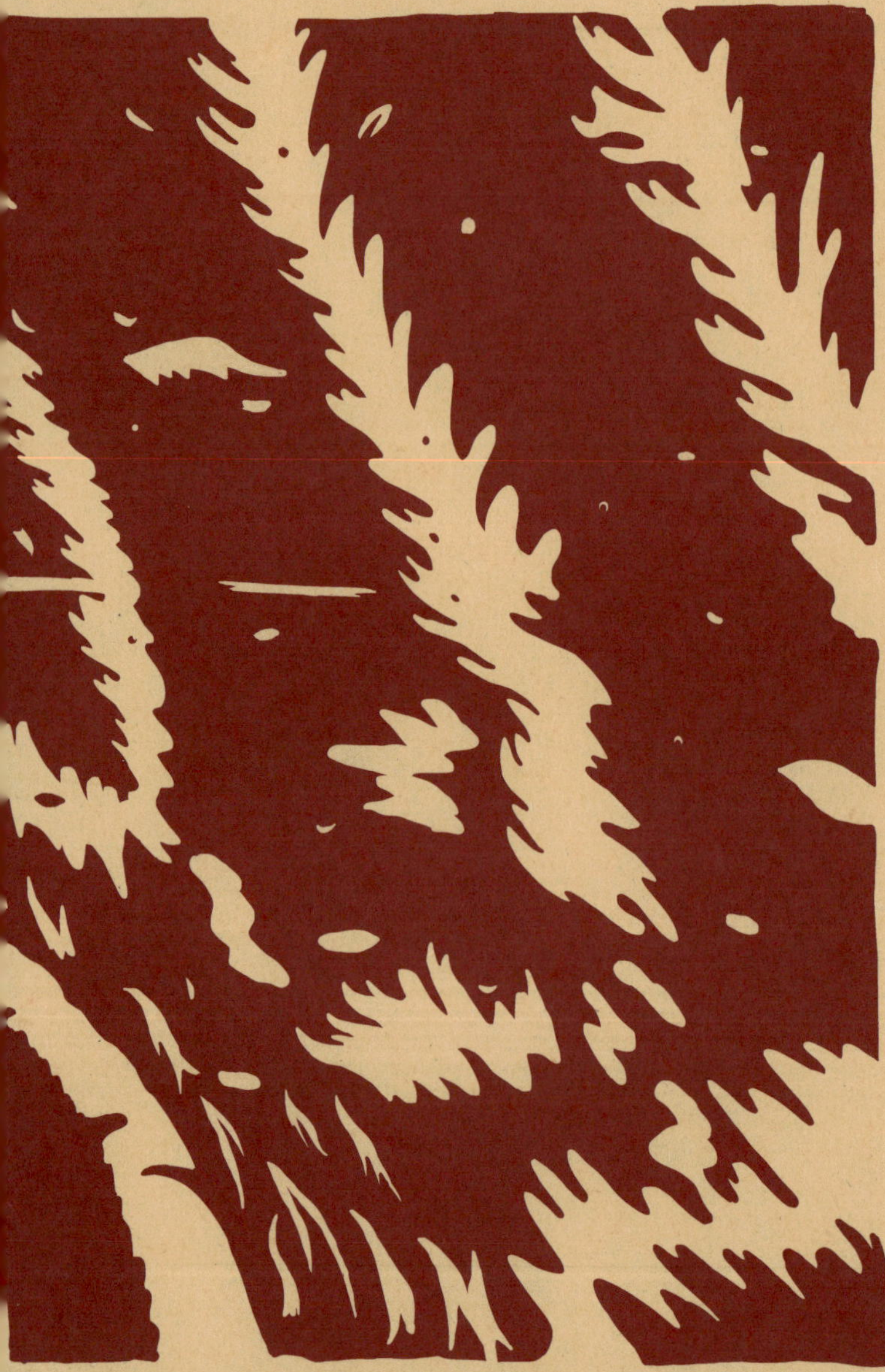

イラスト＝nakaban　画家。1974年生まれ、広島県在住。絵本に『ぼくとたいようのふね』（ビーエル出版）、『わたしは樹だ』（松田素子との共著、アノニマ・スタジオ）など。

Wind*

by Sansei Yamao

I can hear the May winds,
Whispering softly,

I,
Have never been born,
So I will never die.

I am simply blowing,
Blowing from somewhere,
Blowing to somewhere,

Lifelessness is my essence, difficult as it sounds,
Immortality is my essence, impossible as it sounds,

Whispering gently, whispering softly,
Whispering gently, whispering softly,

I can hear the May winds,
Whispering softly,
Moment passes moment,
As if melting into joy.

＊山尾三省「風」(本書298ページに収録)の英訳。翻訳はアレックス・ジョーンズ(Alex Jones)による

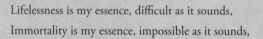